文字的
智与美，爱与善，趣与真……

许宝莹 / 著

见梦

● 小记者鹭岛采访行 ●

光明日报出版社

图书在版编目（CIP）数据

见梦：小记者鹭岛采访行 / 许宝莹著. --北京：光明日报出版社，2023.4
ISBN 978-7-5194-7162-0

Ⅰ.①见… Ⅱ.①许… Ⅲ.①新闻报道—作品集—中国—当代 Ⅳ.①I253

中国国家版本馆 CIP 数据核字（2023）第 062816 号

见梦：小记者鹭岛采访行
JIANMENG：XIAOJIZHE LUDAO CAIFANGXING

著　　者：许宝莹	
责任编辑：史　宁	责任校对：许　怡　乔宇佳
封面设计：中联华文	责任印制：曹　净

出版发行：光明日报出版社
地　　址：北京市西城区永安路 106 号，100050
电　　话：010-63169890（咨询），010-63131930（邮购）
传　　真：010-63131930
网　　址：http://book.gmw.cn
E - mail：gmrbcbs@gmw.cn
法律顾问：北京市兰台律师事务所龚柳方律师
印　　刷：三河市华东印刷有限公司
装　　订：三河市华东印刷有限公司
本书如有破损、缺页、装订错误，请与本社联系调换，电话：010-63131930

开　　本：170mm×240mm			
字　　数：156 千字		印　　张：14.5	
版　　次：2023 年 4 月第 1 版		印　　次：2023 年 4 月第 1 次印刷	
书　　号：ISBN 978-7-5194-7162-0			
定　　价：68.00 元			

版权所有　　翻印必究

你是我们的骄傲

小记者许宝莹要出书了,这个消息令人欣喜,我特别欣慰。这本书记录了一段小记者的成长时光,必将是一份珍贵的纪念!作为学校小记者站负责老师,回想起陪伴她一路行走过的点滴,我的心头有一份骄傲涌起……

缘起:"差点与小记者擦肩而过"

我回想起小记者站初建的时光。社团课程班开始了,楼梯转角处站着一个羞涩的女孩,她看着我欲言又止,是宝莹同学。学科成绩还不理想的她,想要参加小记者社团的课程活动,引起任课老师的担心,担心她精力分散不利于课内学习,因而不是很赞同。我随即和老师们沟通,达成了支持她参与小记者课程班的共识。培养一项兴趣对孩子的成长是有利的,且小记者平台邀来资深的编辑记者老师授课培训,提升的是孩子们阅读、采访和报道的水平,与学科学习不仅不矛盾,反而大有助益。有了老师们和家长的支持，宝莹同学顺利进入小记者站，成为其中一员。

缘深：锤炼成"追记"与"明星小记者"

投入小记者学习活动的宝莹，可说是如鱼得水。除了学校社团课程积极参与，周末各大报社组织的实践活动也积极参与。她的妈妈很支持她，专门买了辆车，负责接送，陪她辗转奔波在各个小记者活动点。每次活动后，妈妈不仅督促宝莹完成练笔，还能及时帮忙整理成电子稿去投稿。一次活动能写出三篇不同角度的报道稿件，一个周末能参加三四场活动，一个星期习作见报三四次（不同的报纸），宝莹创造着滨东小记者飞速成长的新纪录。而活动的锤炼，练笔的坚持，习作的刊发，无疑大大提升了宝莹的学习能力，也促使她自信心不断增强。一年多时间下来，宝莹不仅能落落大方登台演说、展示风采、分享经验，还在校园首届小记者节活动中脱颖而出，获评"校园十佳小记者"之一！她成了小伙伴们津津乐道、口口相传的"追记"，滨东小学小记者站名副其实的一个"明星小记者"！

身为小记者核心骨干成员，宝莹带头践行着"滨东小记者 爱行天下"的成长宣言。周末除了小记者实践活动，还在妈妈的带动下积极参与城市小义工志愿行动，助力鼓浪屿申遗活动，参与金砖会晤宣传，宣传地铁绿色出行，宣传垃圾分类从我做起……因为出色的表现，她不仅成了滨东小学小记者站代言人，还获评"厦门市百名礼仪之星"称号。

缘续：新时代小记者发出最强音

带着校园小记者节第二届"校园十佳小记者"的荣誉，宝莹升入了中学，开启一段新的学习之旅。原来培养的参与实践活动与练笔习惯照样不停歇，在刚刚过去的暑期里，她的习作仍然频频上报，延续着小记者独有的精彩，令我感到欣慰！

一个小记者的成长有诸多因素。在厦门日报社、厦门晚报社、海西晨报社等诸多媒体的大力支持下，滨东小学悉心打造的校园小记者站平台日趋成熟，多样化的课程培育着小记者们的才能，成就着小记者们的精彩！老师们的悉心教导，家长们的热心支持，孩子们自己不懈的努力，一起培育着新时代的全能小记者，如宝莹这般的，令人骄傲！

亲爱的宝莹，请带着滨东小记者独有的印记，快乐出发，奋进前行吧！老师期待着你的未来愈加精彩！

爱你的吴老师

2019 年 9 月 1 日

目 录
CONTENTS

第一篇章　小记者　趴趴走 …………………………………… 1

海堤精神　永放光芒 ………………………………………………… 4

厦门迈进地铁时代 …………………………………………………… 7

改革开放，给厦门人民满满的幸福感 ……………………………… 9

百年古老管风琴，奏出迷人新乐章 ………………………………… 11

市政管线的家 ………………………………………………………… 13

参观狐尾山气象台 …………………………………………………… 15

小记者走进厦门国税稽查局 ………………………………………… 17

厦门国乒基地的参观体验之旅 ……………………………………… 19

帅气的消防车和英武的消防员 ……………………………………… 21

传承百年品牌　诚做良心菜肴 ……………………………………… 23

祝她三十岁生日快乐！

　——正当年华盛开处　筑梦启航新征程 ……………………… 25

小记者们红红火火过读者节……27
《海西晨报》的明天一定更美好……29
我爱旅博会……31
买车优惠乐翻天……33
参观海峡两岸书画及工艺美术精品展……35
不朽的梵高艺术大展在厦门……37
志愿服务 助力金砖……39
做好自己 助力金砖……41
走进"非物质文化遗产"鼓浪屿馅饼博物馆……43
助力申遗，我自豪……45
令人震撼的漆线雕……47
叹为观止的工艺品……49
迷你"白鲨"……51
会"走路"的垃圾桶……53
美味科普活动……55
亲子比创意 垃圾大变身……57
学英文采访小礼仪，做懂礼貌的小主人……59
参观厦门各界抗敌后援会会址……61
壮哉！伟大的巾帼英雄……63
发扬英雄小八路优良传统做新世纪建设者和接班人……65
观看"中华情 中国梦"大型演出……67

为祖国深情演绎…………………………………………… 68

第二篇章　七彩光　絮絮语………………………… 71
小记者课堂………………………………………………… 73
初春，邂逅最美的你们…………………………………… 74
小记者大巴上传出英文绕口令…………………………… 76
用衍纸创造童话世界……………………………………… 78
体验"小小朗读者"小主播公益课……………………… 80
越来越自信的我…………………………………………… 82
我来竞选小主播…………………………………………… 84
嗨！稻草人！……………………………………………… 86
制作泰迪熊………………………………………………… 88
一堂有趣的"折射"实验课……………………………… 90
蜡烛燃烧大揭秘…………………………………………… 92
一堂有趣的编辑课………………………………………… 95
体验高尔夫………………………………………………… 97
有趣的橄榄球课堂………………………………………… 99
我学功夫瑜伽……………………………………………… 101
难忘的夏令营……………………………………………… 103
园博苑观鹭………………………………………………… 105
一波三折的第一次采访…………………………………… 107

移动的海上别墅 …………………………………………… 109

打开静态物写作的脑洞 …………………………………… 111

我在高招咨询会上当小义工 ……………………………… 113

"我们的嘉年华"——绘制环保布袋 …………………… 116

那张创意摆拍照 …………………………………………… 118

会放烟花的"滑滑梯" …………………………………… 120

体验蹦床运动 ……………………………………………… 122

舞台剧彩排首秀 …………………………………………… 124

欢乐的中秋博饼 …………………………………………… 126

最拉风的新闻发布会 ……………………………………… 128

欢乐的毽子游戏 …………………………………………… 130

一起出力,做大锅饭 ……………………………………… 133

叶落,才知情深 …………………………………………… 135

马銮湾攀岩记 ……………………………………………… 137

美妙的海底餐厅 …………………………………………… 139

超萌老爸 …………………………………………………… 141

来自热身赛的挑战 ………………………………………… 143

开启精彩生活模式 ………………………………………… 145

第三篇章 追梦人 砺砺行 ……………………………… 147

　　演绎多彩的人生 ………………………………………… 151

澳头哨所女民兵 …………………………………… 153

我们班的劳动委员 ………………………………… 155

修车师傅 …………………………………………… 157

一位特殊的读者 …………………………………… 159

战风斗雨海洋人 …………………………………… 161

学好数学，原来如此简单！ ……………………… 163

一场文化盛宴 ……………………………………… 165

走近哈佛女孩 ……………………………………… 167

源于心灵深处的热爱 ……………………………… 169

模特秀
　　——记"喜梦宝杯"第四届文明小博客"中国梦·童星"模特复赛 …………………………………………… 171

文学的翅膀是这样飞翔的
　　——采访鼓浪屿本土著名儿童文学作家李秋沅和她84岁的老师 ……………………………………………… 173

半瓣花上说人情 …………………………………… 176

生活比小说更精彩 ………………………………… 178

要办能吸引人们眼球的报纸 ……………………… 180

一份亲民的报纸 …………………………………… 182

我心目中的《海西晨报》黄总编 ………………… 184

揭开演讲的奥秘 …………………………………… 187

作文是最简单的，也是最难的 …………………… 189
蓝天救援队教我做急救 …………………………… 191
种花达人分享花卉种植 …………………………… 193
采访的感觉真好 …………………………………… 195
朱姐姐教我采访 …………………………………… 197
那一抹微笑 ………………………………………… 199
浓浓家校情 ………………………………………… 201
妈妈带我做义工 …………………………………… 203
巅峰对决　王者风范 ……………………………… 205
搭建沟通的桥梁　创建交流的平台 ……………… 206
美丽厦门　共同缔造 ……………………………… 208
重建家园　你我同行 ……………………………… 209
新闻的生命在于真实 ……………………………… 211
这个春节有点特别 ………………………………… 213
那盆小小的茉莉花 ………………………………… 215

第一篇章 01

|小记者　趴趴走|

卷首语

当小记者三年以来，我参加了数百场采访活动，收获了许许多多的感动，我想从最让我震撼的厦门人民移山填海、艰苦奋斗、与时俱进的海堤精神，还有令人惊艳的现代化的高速厦门地铁说起，是什么样的魔法棒造就了这样的神奇，特区纪念馆给了我们答案！

海堤精神　永放光芒[①]

2018年5月26日早上，我们《海西晨报》小记者来到了厦门海堤——1956年福建省自主设计的我国第一条跨海长堤，参观了厦门海堤纪念馆，重温当年厦门人民移山填海的壮举。

我们观看了建设海堤的历史纪录片，厦门原来是个孤岛，要把物品从这里送出去，只能用船，十分麻烦。为了能让厦门居民方便生活，建设第一条通往厦门的鹰厦铁路这个计划开始执行了。当时我们连起码的起重机械都没有，没有施工条件，我们只有石块和人力，要修建海上铁路这样的工程是件很不容易的事情。没有运输设备，大家就在山上挖了一条滑梯，在山上将弄好的石头顺着滑梯送到另一边填海的战士们那儿去；没有起重机，吊不起5吨重的整块大石头，就用大网把石头块装成5吨重的袋子。厦

---

① 发表在2018年5月29日《海西晨报》上并获得厦门市"爱海洋 爱厦门"征文三等奖。

门人民就这样用愚公移山填海的豪迈气魄，一块石头一块石头地堆砌，十里长提终于快建成了。

纪录片还告诉我们在快建成时，一场台风却毫不留情地把即将修好的海堤冲出了一百余米的缺口，这是集美海堤建设中遇到的最大难关，这是一场与海潮激流比速度拼力量的搏斗，遭遇数次失败后大家并没有放弃，经过一个多月的艰苦试验后，终于想到了一种省时又省力的"行船竹笼快速抛石法"，在十几分钟的平潮时间内将上千吨石头扔下大海，在大家齐心协力之下，解决了海堤缺口大难题！最后，厦门人民发扬艰苦奋斗的优良传统，终于用自己的智慧和力量建好了海堤。

《厦门日报》社长江曙耀和许宝莹小记者合影　（许宝莹妈妈拍摄）

新时代的海堤又秉持与时俱进的发展理念，让南北水域可以交流，促进了生态建设，并且造就了美丽的地铁1号线的观海线路。厦门人民移山填海、艰苦奋斗、与时俱进的海堤精神永放光芒！

厦门迈进地铁时代[①]

2017年10月8日下午,我要和妈妈一起去感受厦门地铁,记得小时候妈妈带我去北京、上海、香港玩的时候,总是会带我去感受地铁。如今,我们厦门也有地铁了,她会是怎样的呢?我万分期待!

出了小区,我们在禾祥东路没走多久,妈妈说快到了,地铁竟然就在家门口!我立马跑过去,看到了一个飞檐式的闽南屋脊,而且像红砖古厝般鲜艳,上面写着醒目的"湖东站",太有厦门特色了。我顺着扶梯下去,看到了正对面门拱上写着两个大字"哩贺",正纳闷,我又读了一下,原来是闽南话"你好"的意思。这个地铁真的很厦门呢!在等地铁时,耳边响起的是动听的钢琴曲《鼓浪屿之波》。进了车厢,我听到乘务员同时用普通话

[①] 发表在2017年10月13日《厦门广播电视报》和2017年10月19日《海峡生活报》上。

和闽南话报站，令人感到分外亲切；特别是车厢里还有英语报站，让我觉得我正坐在一辆通往世界的列车上，就像我在伦敦、莫斯科坐的地铁一样，厦门越来越像一个国际化的大都市了。

厦门地铁1号线全长30.3公里，沿途共设24个站，最高速度每小时80公里。我们从湖东站出发，一分钟后到达莲坂站，五分钟后到达塘边站，三十多分钟后到达厦门北站，实在是太方便了。而且，厦门城在海上，海在城中，地铁窗外都是美丽的风景。回来时我们在园博园站下了车，顺便逛了逛园博园，太高效了，这真的令人难以置信，这就是厦门速度。

改革开放，给厦门人民满满的幸福感

2018年7月3日下午，我们《厦门日报》融媒体小记者，"踏踩春天的足印"看特区大型校外采访活动走进厦门特区纪念馆。在参观中我们深切地感受到改革开放给厦门人民带来了翻天覆地的变化！

厦门市湖里区兴华社区是经济特区发祥地，我们很荣幸请到了兴华社区党总支书记陈旭玲，在采访的过程当中，小记者们都听入神了。陈旭玲书记告诉我们："改革开放带给厦门人民满满的幸福感，从人们的衣、食、住、行这几个方面来看吧！以前湖里高端的免税商场门可罗雀，现在可是门庭若市；随着人们生活水平的提高，大家需要的进口商品，可以网购，也可以在保税区等许多地方买到；以前是'晴天一身灰，雨天一身泥'，而今天走进湖里区就像走进一个'高颜值'的花园一般；80年代前想从岛内去岛外，天色蒙蒙亮就得去坐船或火车，而现在岛外可以每天坐地铁或 BRT 来岛内上班；如今走在大街上大家脸上都洋溢着欢快的笑容。"是啊！艰苦奋斗的特区人坚持解放思想、实事求是的科学精神，形成了经济社会持续、快速、协调发展的厦门模式，创建了展示中国改革开放巨大成就的亮丽窗口。

最后陈书记寄语小记者们：好好学习，将来接过老一辈建设者的旗帜，继续为高科技的特区家园建设做出更大的贡献！

采访特区纪念馆，右一是许宝莹同学　（胡志杰妈妈拍摄）

紧接着我们小记者走进了厦门各行各业、各个展会深入感受厦门的繁荣与发展。

"踏踩春天的足印"日报小记者看特区建设 40 周年，今天走进鼓浪屿，八卦楼风琴博物馆、管风琴艺术中心、船屋……

<<< 第一篇章 小记者 趴趴走

百年古老管风琴，奏出迷人新乐章

  2018年7月27日"踏踩春天的足印"日报小记者看特区建设40周年，走进鼓浪屿，我们首先来到了八卦楼风琴博物馆，在这里我们看到了20世纪初，世界管风琴制造业的巅峰之作——诺曼·比尔管风琴。琴高达6米，由1350根音管组成，我第一次看到管风琴惊诧极了。

  途经船屋、1930年美国领事馆等经典建筑后，我们又来到了将于8月1日开放的风琴艺术中心，见到了亚洲最大的管风琴——诺曼700，它由7000多根音管组成，"高、尖、直"的哥特式建筑风格，就像一座教堂，外观是德国的，琴身内部是法国的，再上面是英国的圣堂风琴，是多国风格。金牌讲解员陈叔叔介绍：管风琴在国外已经发展了2200余年，最早是用水压控制，就好比中国的古代水车一样，十个世纪以后，它改为人力鼓风。随着教堂的发展，管风琴的体型越来越大，音管也越来越多，第二次工业革命后，由电力来鼓风。

而如今呢？现场，一个姐姐走上台，为满心期待的我们演奏了管风琴，正像一场音乐会。并且现在这台复杂的百年风琴甚至可以由智能控制，一个指令发出，一曲迷人的《哈利·波特》主题曲便在厅内响起，令人心旷神怡！

小记者走进鼓浪屿八卦楼风琴博物馆，许宝莹同学居中（许宝莹妈妈拍摄）

"踏踩春天的足印"之"小记者看市政"首场，走进市政基地，参观地下综合管廊展示厅，触摸城市跳动的脉搏。我被选为"管廊之星"，和城市管道真有缘，太难得了，长大后再来回忆这段珍贵经历，该多么有意义！

市政管线的家

在我们家里，只要把水龙头一拧，就有水了；只要把插座开关一碰，就有电了；只要把煤气灶一开，就可以煮饭啦。那么，将这些水、电、煤气送到我们家里的管道，它们住在哪呢？

周六，我们走进了厦门市政部门，参观了管道们的新集体宿舍——综合管廊。戴好了安全帽，走进这个洁净明亮、布列整齐的集体宿舍，这个宿舍就像一个车厢，通信管道住在硬卧上铺；下边有许多条杆子支撑着的小床，是长方形的电力管道的住处；在大门前边的地板上有一个地铺，污水管道与最胖的雨水管道正静静地躺在床上，广播电视等其他管道也各有床位。宿舍的地板上都挖有小水沟，当有水流出时，方便排走。在宿舍的天花板上有一些"小灯笼"，如果着火，小灯笼们就会喷水把火灭掉。当然，每个角落都有探头在随时监控着，哪一个管道稍稍调皮捣蛋，监控都能拍到。真是安全可靠！

这个管道宿舍——综合管廊真好！首先，消除空中"蜘蛛网"，美化生活环境；其次，消除"马路拉链"，改善交通出行；再次，减少管线乱象，集约利用土地；最后，减少管线事故，保障生活质量。既方便管理，又方便维修！厦门市综合管廊规划建设管廊340千米，已建成158千米，已连续两年获得国家管廊试点绩效考核第一名！

参观狐尾山气象台

2018年3月17日世界气象日前夕,我们《厦门日报》小记者一行三十几人参观了狐尾山气象台。第一站是我们的集合地"穹幕影院",它看起来像个大球,球形的设计可以让我们在里面看电影时不用带3D眼镜了!

第二站是厦门青少年天文气象馆,它创建于2005年3月23日,建设规模超过2000平方米!印象深刻的是中央一个悬浮在空中的大球,那个球是用磁力飞起来的,科技真是太发达了!还有一面墙,手放在上面,会有闪电,摁一下开关,会有震耳欲聋的响声。精彩极了!

气象馆里有许多展厅,如电视天气预报模拟演播室、模拟城市雷击室、风云一号卫星模型室、风力测试室等,还有各种知识展示。在厦门我特别关注台风的知识,据介绍台风最高12级,会把房子刮倒,会把海里的水刮到岸上。

见梦：小记者鹭岛采访行>>>

　　第三站便是气象塔。共19层，很快我们就到达了最高层！从高处向下看，美丽的海沧大桥像一条龙，气象馆就像龙口的明珠，我觉得大龙一定会把台风挡在外面，让厦门风调雨顺！

小记者走进厦门国税稽查局

今天,我们小记者们要去国税稽查局采访,我们在校门口上了车,不一会儿,就到了厦门国税稽查局。稽查局大厅门口干净整洁,门上挂着一条红色的横幅,上面写着"聚焦营改增试点 助力供给侧改革"。

走进大厅,到处整齐明亮,各个工作窗口都在紧张地忙碌着,椅子上的人们都在安静有序地等待着。这时一位穿着蓝色制服的姐姐迎了上来,边带领我们参观考察,边做介绍:这是咨询区,那是等候区,上面有个大屏幕放映宣传片……接下来她带领我们进了一间会议室,另一位穿制服的姐姐给我们上了一节税务宣传的课,她说:"税收简单讲就是国家把社会财富的一部分拿到手里,集合在一起,然后再把它用另外一种方式,投向社会的一些公共领域,比如说刚才大家过来时看到的桥、路、坐的公交车,都是税收投入的一种方式。"她还说:"税收在我国有四千多年的历史，在古代人们通常称它为税赋。"我们真是学到太多知识了。

最后，轮到我们采访提问题，我鼓起勇气，拿起笔记本，走到一位工作人员身边，做了个自我介绍："您好！我叫许宝莹，是滨东小学的小记者，在这里我想问您几个问题。"工作人员笑眯眯地说："好啊。"我赶紧打开笔记本，把准备好的问题提出来。她耐心地一一做了解答。"你们稽查局的任务是什么？""我们的工作就是选案—检查—审理—执行。"最后采访结束，我们带着收获满满的笔记本，依依不舍地离开了。

厦门国乒基地的参观体验之旅

2017年5月18日,我们滨东小学四年级四班全体同学和本校文学社小记者们一起去福建健身俱乐部参观。一进门,同学们纷纷赞不绝口,我也看得目瞪口呆,这是个很大的室内运动馆,有平坦的实木地板、标准的篮球架、整齐的观众席,在墙壁上方还挂着红、绿、黄等五颜六色的旗子,屋顶上方中间有5个圆圈,5个圆圈连在一起,上面3个下面2个。"那个是奥运五环!"一个同学大叫,大家把目光全投向上方。这时,一个戴着蓝色帽子,穿着白色衣服的姐姐走了过来,"同学们,你们好!欢迎走进国乒基地!"我们按着姐姐的指挥坐好了。

坐好后,姐姐走下台,另一位姐姐走上了台。"那是主持人吧?"我悄悄地说,"没错!她就是主持人!"主持人姐姐站在台中央,对我们彬彬有礼地说:"你们好啊!欢迎来到国乒基地,等一下我会让大家体验一下你们喜欢的项目,但是体验之前,我们要热一下身！有请我们的老师上来带领我们这些滨东小学的同学们热一下身吧！"说着，一个穿黑色衣裤的男子跑上台，背对着我们，好像自己很酷不想让大家看到呢！音乐一起，那男子就开始跳舞，速度很快，我们这业余水平的怎么也跟不上，手忙脚乱，满头大汗。

热身结束后，主持人让我们体验一下自己喜欢的项目，我选了壁球。老师带着要体验壁球的学生们来到壁球室，壁球老师拿起壁球拍子分给每个学生，接着，每人一个球。分完后老师对我们说："球是往你的右旁打的！不要打太轻！也不要打太重！中等！……"我们听得十分认真，讲完后，老师让我们一个一个地自己打。我心里很紧张，第1个，第2个……第9个，到我了！我走向前两步，拿起拍子，老师把球一放，我急了，"哗——"，球没打着。老师安慰我说："打球有4点，一是举拍，二是推拍，三是击球，四是收拍，这样才能打好！"我慢慢不紧张了，再次拿起拍子。"预备！放！"球马上从老师的手掌里冲出来！我默念着"举拍，推拍，击球，收拍！""啪啦"，一次完美的接球！"哈哈哈！我成功了！"我兴奋不已。

5点啦！该回啦！拜拜，国乒基地！拜拜，福建健身俱乐部！我会想你们的！拜拜！说完，我们坐上了车，回家的路上，同学们有说有笑，车满载着同学们的笑声开回学校了。

帅气的消防车和英武的消防员

2016年11月9日,是国际消防日,我们《滨东小学日报》小记者们很幸运能够有机会走进全市最大的消防站——厦门五缘湾特勤消防站,体验消防救援人员的生活并学习安全知识。

卞健华警官先带领我们参观了消防车,我发现消防车简直就是"变形金刚"!太帅啦!你看!云梯消防车,身子长长的,车顶的梯子有7层楼那么高;水罐消防车,肚子大大的,存有18吨水;清障消防车,不用水,台风天出车;排烟消防车,可以迅速排烟;泡沫消防车,可以独立扑救火灾;还有一种消防车只要自身温度超过警戒线,就会启动自动保护模式,头上的喷雾器便会喷雾降温。真是太棒了!能量超群!

接着我们参观了军营,消防队员们的宿舍很简朴。不到一米宽的床,床垫很薄,没有枕头,床上放着叠好的被子,被子叠得方方正正的,被子正前方放着军帽。当有任务的时候,消防队员们仅用1分钟，做好"穿衣、戴头盔"等系列动作，立刻从车库里开出消防车，投入战斗。我问消防队员叔叔："紧急关头，怎样才能做到如此镇定迅速？"他说："刚开始也会紧张，但紧张要克服住！要沉着！做一名勇敢的消防员！"我深深地被这朴实的话感动！

消防特警大队自建队以来，先后14人次荣立一、二等功，160余人次荣立三等功，300多人次受到各级表彰。参与社会救援12320次，疏散解救群众2391人，保护挽救国家财产80多亿元。消防队叔叔们，你们是我们厦门人民默默的保护神！我一定要努力学习功课，长大后像你们一样为国家为人民出一份力！

传承百年品牌　诚做良心菜肴[①]

周日，我和爸爸妈妈一起去逛中山路，发现鹭江街道是不少厦门老字号美食的发源地：阿吉仔馅饼，历经百年；陈源香肉松，名声远播海内外；颜味锅边糊，都延续了几代人。我从品尝美食中感受到厦门的传统文化：传承百年品牌，品质始终如一，诚做良心菜肴，用心如此专注。这种坚持让人感动！

其中印象最深刻的是赖厝埕扁食，店不是很大，但是，屋子已经坐满了人，真是"酒香不怕巷子深"哪！和蔼的老板跟我们介绍说："这里的扁食是百年老字号，没有任何添加剂，没有任何防腐剂，都是纯手工制作，而且是现煮哦！很多老华侨回国都不忘来赖厝埕品尝原汁原味的扁食汤呢！"听了老板的话后，我想：这里的食品很传统，很安全，真是很棒啊！这时热腾腾的扁食端上来了，闻起来，香气扑鼻，我不禁垂涎欲滴！看碗里的扁

[①] 发表在2019年1月5日《厦门日报》花季版。

食一朵朵的，很饱满，又晶莹剔透，很是诱人。我拿起一把汤匙舀起一个扁食放进嘴里，津津有味地嚼着，皮很滑，肉很香，真是越嚼越好吃！嘴里充斥着滑嫩的扁食皮和香甜的扁食肉的味道，再喝上一口酸酸咸咸的扁食汤，可口极了！怎么会有这么美味的感觉呢？我问老板这扁食的文化。老板介绍说：做扁食的工艺代代相传，精益求精。早期的赖厝埕扁食是挑在肩上，走街串巷卖的。就是在扁担前，装上一个铁筒注入可燃烧的"臭土"，插上一根细长的筒管，用以晚上点火照明，扁担后捎上小板凳，供客人坐下吃扁食。一边走一边手拿着碗和汤匙有节奏地敲击，远远听到敲击声，就知道美味的扁食汤来了。

　　我想，如果在寒冷的街头，能在微亮的灯火下，坐在小板凳上，吃一碗热气腾腾的美味的扁食汤，那种感觉该有多么温暖！

祝她三十岁生日快乐！

——正当年华盛开处　　筑梦启航新征程①

2017年12月17日，我们滨东小记者们早早地来到了红领巾剧场，今天是市青少年宫三十岁生日。我从小在这学习主持、拉丁舞、唱歌等课外课程，她是我成长的摇篮，虽然天气很冷，此刻心中却充满了温暖和感动。

彬彬有礼的宫庆小礼仪们迎来了各界嘉宾，大家欢聚在广场，共庆华诞。市青少年宫盛力群主任告诉我们一个感人的故事：三十年前社会发起孩子"从少吃一颗糖做起"的捐款活动，一块一毛地积攒，获得了市青少年宫十几万元的宝贵的启动资金，奋发砥砺，艰苦创业，从白手起家到发展壮大。如今市青少年宫已经从建宫初期的几百名学员，发展到具有一百多个科目，八百多个班级，总建筑面积近5万平方米，年培训量达到5万学员的办学规模。紧接着厦门市共青团委王中书记上台发言，给市青少年宫

---

① 刊登在2017年12月19日《海西晨报》。

带来了寄语和祝福。我抓住机会,采访了王书记,他说:"看到你们这帮小朋友非常阳光、健康地成长,很开心。老师们发自内心地爱你们,你们都是老师们的小天使!希望市青少年宫,能给孩子们提供更好的受教育的环境。"

市青少年宫三十周年和厦门共青团书记王中合影

(许宝莹妈妈拍摄)

是的,美丽的厦门市青少年宫!一个个教书育人的新课堂在这里诞生,一项项素质拓展的新课程如雨后春笋般开展,一朵朵花朵绽放,一棵棵幼苗成长,一批批青少年在这块纯净的土地上快乐成长。三十而立的您,英姿勃发,昂扬进取;三十而立的您,勇于担当,继往开来;三十而立的您,正当年华盛开处,筑梦启航新征程,创造校外教育的崭新篇章!

小记者们红红火火过读者节

今天的白鹭洲人山人海，万头攒动。各个集团代表队在主席台前荟萃一堂，最新最引人注目的"小记者总团"的旗帜在风中飘动。"我是小记者！"我站在着红装的小记者方阵中心潮澎湃，挥舞着双手，为《厦门日报》第18届读者节的到来感到兴奋与激动……

开幕仪式上，《厦门日报》融媒体小记者用双脚健步读者节；厦门火炬小学的百名小记者们用歌声唱响读者节；"踏踩春天的足印"之小记者看市政、水利征文用美文领奖读者节。现场，还举行了《厦门日报》小记者总团揭牌仪式。好骄傲啊！

之后，小记者们便投入紧张的采访中：读者、义工、保安……你看，一群小记者围住了主持人彭军，正彬彬有礼地发问呢！这时，远方走来一群穿着万圣节衣服，和我们同龄的双语小记者，向我们打了招呼，并用英语采访了我们站长李沐璘，听小记者们的英语口语那可是"六六六"呢！我在经过"趴趴走式采访"后，口干舌燥，进了一个厦航组织的让大家品尝并且销售酸奶的摊位，销售的姐姐拿出一袋酸奶，塞进我的手里，"小记者辛苦了！"我很是感动。

　　小记者们采访之余，有的和退休的奶奶跳舞队来个合影；有的和警察叔叔要个签名；有的与眼科医生做次交流；有的帮售书阿姨做会儿义工。或者在直播间过一把主持人的瘾，再和小机器人来场劲舞"燃烧我的卡路里"。今天，小记者们的读者节真是过得红红火火啊！

《海西晨报》的明天一定更美好[①]

"风风雨雨是一种常态,风雨无阻是一种心态,风雨兼程是一种状态。"《厦门日报》总编江曙耀叔叔的发言欢欣鼓舞,掷地有声。今天,在日报社的一楼,举行了隆重而短暂的《海西晨报》改版转型暨"晨念"新媒体启动仪式。

向日葵小记者采访到了《厦门日报》总编江曙耀叔叔,他说:"其实我对融媒体小记者们的期望就是,能说会道,学会生活,学会做自己!我们会尽力给小记者们更大的平台,让大家发挥出自己的优势。"小记者们都听得津津有味,对未来都充满了希望。"我们都知道改革要不断挑战创新,要敢于做第一个吃螃蟹的人!但是改革的路上还有风雨,要不忘我们的使命。"《海西晨报》的新矩阵之一,晨光最美志愿者王叔叔接受了小记者们的采访,他说:"一路过来,真的很累,很不容易。做一名合格的

---

① 发表在 2018 年 8 月 9 日《海西晨报》。

志愿者，需要花费大量的时间和精力。"的确，志愿者真美丽！为人民服务的精神，不正是我们一切事业的出发点吗？

媒体已经踏进改革，迎面未来，在融媒体的潮头，《海西晨报》像追风少年，以前所未有的勇气和自信，面朝大海，扬帆前行，《海西晨报》的明天一定会更美好。

《海西晨报》改版转型采访最美志愿者（许宝莹妈妈拍摄）

我爱旅博会[①]

  2016年9月25日我和爸爸妈妈——爱旅游的一家三口早早地就来到厦门会展中心，参加"旅博会"。这是我第三次参观旅博会，记得第一次参加旅博会最新奇的是体验打高尔夫球和野外露营帐篷，第二次最难忘的是感受超豪华房车和全日空航空，这次将会有什么惊喜等着我呢？

  我们走进大门，就看到一个大屏幕，上面写着"神奇泰国"，台下许多观众在等待着观看表演，演员装束跟我暑假去泰国看到的一样。从另一边走进竟然看到一家泰式生活体验馆，我又重温了难忘的泰国之旅。爸爸看到很多旅游产品在做活动，就急忙拉着我到了旅行社展厅，各种产品令人眼花缭乱，什么去欧洲买一送一，什么去美国才六千多，埃及五千多，迪拜三千多，还可以抽奖送桂林游。哇！活动打折力度太大，瞧爸爸那样子好像要都

[①] 获《厦门广播电视报》征文三等奖。

买下来的样子，后来我们全家订了去俄罗斯的线路。太棒了！寒假可以去看雪了，还可以去尝尝普京送给我们习大大的俄罗斯超级美味冰激凌啦！

要吃午餐了。我们来到一条小街，那里卖着许许多多的美食，我们向前走，走着走着，我们忽然闻到一阵汉堡的香味，是台湾米汉堡，旁边是一家蓝莓店，在卖蓝莓，我犹豫了一下。就在这时，妈妈拿起一粒蓝莓，尝了尝，说："真好吃。"我便也试吃了一颗，哇，太好吃哩！我一下买了5包蓝莓。

我看到一个吊椅，很豪华耶！在吊椅的下方有软软的枕头，坐垫是大大的、红红的，在旁边，还挂着鲜花，像在花园里，享受着幸福一样。好旅游好便宜好便捷，好吃好玩好看，我爱旅博会。

买车优惠乐翻天[1]

2017年3月24日我作为导报的小记者亲临现场,有幸感受到车展乐翻天的气氛:有模特走秀、手机抽奖、游戏互动等,但我最难忘的是现场抢购特惠车的欢乐场景。

我一眼看到的就是奥迪品牌的车子,很多人围在展台边,我拉着爸爸跑了过去,来到A4L款面前,它全身红红的,很光滑,在车牌上还有4个圈圈,看起来很帅气!"奥迪A4L首付低至8.3万!"哇哇哇!我惊讶得说不出话了!参展的这些车做活动的优惠力度都好大哦!本田推出0购置税悦纳RV;建发汽车ATS-L特卖最高直降8万。各个摊位前都围满了人,你看那里又一辆车卖出,这时候买车真是太划算了!

"唔?那辆白色SUV车,外形线条流畅,美呆了,是什么牌的?"走近一看,"啊!是别克的昂科威。"我冲过去,问工作人

---

[1] 刊登在2017年3月29日《海峡导报》。

员:"阿姨!这车优惠吗?"阿姨微笑地回答:"优惠1.2万!"爸爸坐在里面不停地点头说:"这个不错啊!买这个!定下了!"我一蹦三尺高,高兴得又蹦又跳。买到好车,又乐享优惠,天上掉馅饼了!好棒好棒啊!

参观海峡两岸书画及工艺美术精品展①

暑假，我去参观了"海峡两岸书画及工艺美术精品展"，了解雕刻、画作、书法作品的制作风格，翻开艺术盛典，感受美术精品。

在余黎明老师的带领下，我们来到了用香樟木雕刻而成的"风调雨顺"《四大天王》跟前，这个工艺是笔悬空地90度转角去画彩绘，再贴金的，难度很大，刻错一刀都不行；还有用桧木做的《孔子》，余老师将大家心目中那位向上向善的孔子形象表现得惟妙惟肖，让人不禁竖起了大拇指。最让人叹为观止的是一个由檀香木制成的《三十三观音》，长138厘米，宽50厘米，高80厘米，重58公斤，犹如一幅3D立体中国画。余老师用透雕、浮雕等手法，运刀如笔，心手相应，借鉴中国国画的特点，实现了"天人合一"的境界，整个造型就像一条栩栩如生腾空的巨

---

① 获全国"春雨杯"作文比赛月度奖。

见梦：小记者鹭岛采访行>>>

龙。余老师特别介绍了国画中"大写意"的艺术，比如京剧中的抬轿、开门等动作，都体现了中国"大写意"艺术。

进了画展区，映入眼帘的是刘令华的《贵妃醉酒》，此画原来是一幅油画，后来，由7位针线大师用针线在油画上绣了线。这张画是独一无二的！王宝老师的鼻烟壶雕刻，在分寸之间体现出工笔艺术真是巧夺天工！还有一幅龙飞凤舞的书法繁体字的"藝"字，它告诉我们"艺术要不断追求才能扎根大地"！让我们弘扬中华文化，促进海峡两岸融合，让这伟大的文化艺术源远流长！

参观工艺美术展和海峡两岸艺术家合影　（许宝莹妈妈拍摄）

不朽的梵高艺术大展在厦门

  2016年8月20日，我和爸爸妈妈来到湖里联发华美空间去参观梵高画展，刚到门口我便看到"不朽的梵高"几个大字。走进大门我看见在门边摆着一幅画——《吸烟头骨》，画的是一个骷髅头，那个骷髅头竟然带着悠然自得的表情，牙齿间还叼着一根冒烟的雪茄，据说这是梵高的自画像，我顿时觉得将要参观的梵高画展充满神秘色彩。

  我走进了展厅，那里有许多人，大家都认认真真地看着作品，有《盛开的杏树》《加谢医生像》《麦田群鸭》《鸢尾花》《奥维尔教堂》《向日葵》等。而且，画展采用最新的感知艺术的方法SENSORY4，用多个高清投影、多路动态影像和环绕音响，打造出多维度多空间的巨幅屏幕，真实得让人忍不住想伸手触摸。我正被他的那幅《向日葵》所吸引：那向阳的花朵生机勃勃，充满活力，看了只觉得心里暖暖的。这时，忽然我听到观众中有一个小宝贝奶声奶气的声音："妈妈，天上怎么有这么多鸡蛋啊？"我一看原来是一幅满是星星的画面，这便是梵高著名的画作《星空》，那一轮明月真的有令人难以置信的橙黄色，而且星光真的都是一团团夸大的白色。难怪小宝贝说是鸡蛋，她真的很可爱，但对梵高来说，他的画中一定蕴含着我无法理解的神秘意义。

志愿服务 助力金砖[1]

2016年12月31日下午3点,我和爸爸、妈妈来到厦门市文化艺术中心五一广场,参加思明区志愿服务文化节活动。这是一场弘扬志愿奉献精神,鼓励积极参与志愿服务的活动。

在广场舞台右边是各个志愿者服务队风采展示,有:厦门110水上救援队、晨曦公益服务队、厦门建安慈善基金会、思明区工会志愿服务大队、思明区社区志愿者服务队、小鱼志愿者服务队等,看了他们的光荣事迹,我深深地被打动了。舞台左边是各志愿队的便民服务,我看到厦门的名片——蓝天救援队的叔叔在教群众学急救知识。点滴善行,共筑文明!

在五一广场的舞台上,正在举行一场题为"志愿服务,文明底色"的大型演出。先是可爱的小朋友开场舞,接着主持人致开场词,思明区各志愿队代表登台,领导授旗,然后,精彩的表演

---

[1] 发表在2017年1月6日《厦门广播电视报》。

就开始了。我最难忘的是厦门大学的哥哥、姐姐们表演的手语《小幸运》。明年的金砖会议期间，厦大学生志愿队，将活跃在各个会馆，为各国来宾做好翻译服务。还有思明区城市义工协会表演的朗诵《Hello！我在厦门等你》。美丽的厦门欢迎来自各国的朋友。

有这么一支优秀的"奉献爱心，收获快乐"的志愿服务队助力，相信明年的国际金砖会议能够在厦门更圆满地召开！

做好自己　助力金砖[①]

　　2017年9月，一个国际会议——"金砖会晤"将在我们厦门举行。新年伊始，1月9日下午，我们小记者走进校园，采访老师们，了解大家对"金砖启行，行动起来"这个活动的看法。

　　推开办公室的门，一眼就见到我们班主任李老师，我走上前问："李老师，我能采访您一个问题吗？"李老师爽快地答应了。"如果您要一起助力金砖，要如何行动呢？"李老师笑了笑回答道："作为一名班主任，先严格要求学生文明的一举一动，像出门不随地扔垃圾，从这样的身边小事做起！"我谢过李老师，又往前走，来到医务室，我采访了纪医生，她说："做好自己的本职工作，认真履行自己的职责，助力金砖。"经过操场，我又采访到了体育老师，他说："做好学校足球队的训练，让学生们赛出水平赛出风格，用最好的精神面貌来迎接金砖。"做好笔记后，

[①] 发表在2017年7月11日《海西晨报》、2017年9月4日《学生周报》上。

我和带队老师一起向冬令营教室走去，"带队老师您是如何看待今天的这个活动？"我眨了眨眼睛问道。"孩子！想做好事就多参加金砖的宣传活动吧！"我想：作为一名小记者我一定要多参加宣传活动，多写文章宣传金砖会议。

立足本职，做好自己，助力金砖。每个人都做最好的自己，厦门的金砖会议也将会是最好的金砖会议。

走进"非物质文化遗产"鼓浪屿馅饼博物馆

一走进古香古色的鼓浪屿馅饼博物馆就看到"非物质文化遗产"几个大字,我想:一定历史很悠久。于是,很认真地听了讲解:鼓浪屿在宋元时称"圆沙洲",明代开始称鼓浪屿,1840年厦门成为"五口通商"的口岸之一,十九世纪的鼓浪屿是中西文化交融的一个地方,而鼓浪屿馅饼就是一个"洋皮中国心"的中西融合的食品,是鼓浪屿当地馅饼手工业者经过反复实验改良,发明创造出来的。这种百年传承的传统的手工制作技艺,从选材到制作共计十道独特工艺,这种传统的手工制作技艺是由二三十道独特工序制作而成,重要的有搅拌、包酥、擀皮、分陷、成型、翻饼、出炉、摊晾等工序。

我们经过几道消毒工序后,走进厂房,体验了成型——做饼这个环节,我又是按又是包又是捏,忙得满头大汗,这纯手工活还真不容易啊!最后,我们还品尝了各种鼓浪屿馅饼,有皮脆的

见梦：小记者鹭岛采访行>>>

典藏绿豆馅饼、馅有弹性的凤梨酥、松软的黑豆馅饼、浓郁的椰子饼。真是美味极了！细嚼酥松清甜，慢咽沁人心脾。闭上眼，我仿佛坐在一百年前的"添成"饼铺对面的茶馆里，一口饼，一口茶，这真是最传统的厦门的百年工艺和百年风味！

助力申遗，我自豪[1]

记得那是去年 8 月 27 日，鼓浪屿街道办事处在鼓浪屿上举办了"爱环保，爱琴岛"——鼓浪屿街道"垃圾不落地"系列活动之助力申遗，我和游越、许籽钰三个小伙伴一起参加了这次活动。我先将蓝色可降解垃圾袋及宣传"垃圾不落地"的扇子分发给琴岛上的外地游客，让游人不随意地乱扔垃圾，并且向他们宣传"垃圾不落地，琴岛更美丽"的文明口号。接着我还和厦门建安慈善基金会的阿姨们表演宣传环保的手部操，并仔细地向小朋友们讲解可回收垃圾口诀"瓶瓶罐罐纸电 1、3、5、7"："除了瓶、罐、纸、电池以外，还有 1（衣服）、3（三星产品）、5（五金）、7（其他：雨伞、泡沫等）这些东西可以回收，节省能源，而如果扔进土壤，将会严重污染土地，少则上百年，多则上万年。"小朋友们都诧异地点点头，我想环保的理念一定在他们心中生根

---

[1] 发表在 2017 年 7 月 11 日《海西晨报》上。

发芽了。最后，我们欣赏了广场上大型的环保主题的文艺表演，积极参加了鼓浪屿申遗知识竞猜，我答对了一题，奖励了一盆茉莉花，心里乐开了花。

今天，我听到厦门鼓浪屿申遗成功的消息，不禁热泪盈眶，这是全体厦门人民努力的结果，也是厦门莫大的骄傲。我为我曾助力申遗而自豪！

令人震撼的漆线雕[1]

假期里，我来到蔡氏漆线雕艺术馆，映入眼帘的是金碧辉煌的大厅，柜上摆的都是金光闪闪的漆线雕。只见一个青红色的玉盘上，雕刻着金灿灿的长龙，嘴里含着珍珠，眼睛炯炯有神，似乎活了！印象最深刻的是作为国礼的唐代铠甲漆线雕，从头部到身体，每一个细节，它们都精美无比，铠甲上的白虎更是栩栩如生。这么牛的作品是怎么做出来的呢？

在老师的带领下，我们了解了漆线雕的制作步骤：将陈年的砖粉和大漆、熟桐油等原料混合，反复舂、锤、揉、捻，使之成为富有韧性的"漆线土"，再手工搓成细如发丝的"漆线"，用盘、结、绕、堆等手法在坯体上塑造浮凸的图形。

体验环节，老师给了我一块漆线泥，我拿起木板开始搓细，"呀！不搓不知道，一搓吓一跳。怎么这么硬啊？"老师笑了笑，

---

[1] 发表在2019年5月25日《厦门日报》花季版。

说:"这是最软的。"我大吃一惊,咽了一口唾沫,认真地继续搓,搓了半天,搓出了一条"粗绳子",老师摸摸我的头说:"哈哈哈,这是不合格的!"我真是汗流浃背了!老师问同学们:"大家觉得怎么样?容易吗?"大家异口同声地回答:"不容易!"老师说:"单单这个动作想练好,就要3个月哦!"大家听到后"下巴掉了一地"。

古人练好搓漆线泥,还要学会怎么雕,而且还要一点一点雕出逼真的作品,要花费多少工夫啊,真是令人震撼!

在蔡氏漆线雕艺术馆,我和小朋友一起体验搓漆线泥
(吕欣辰妈妈拍摄)

叹为观止的工艺品[①]

2016年11月5日早上,我和妈妈来到厦门国际会展中心,参观第9届海峡两岸文化产业博览交易会。一走进展厅,有"西藏·昌都馆""三明馆""金门文化街""海沧文化馆""三维创意馆"等,展馆琳琅满目,让人目不暇接!

走进这些展馆,各式文化工艺品令我叹为观止!

"瞧,木雕!"有"关羽拿刀""神龙雄鹰""蛇长脚""洞里菩萨""鳄鱼""蛇"……顺着树根的形状雕刻而成,浑然天成,栩栩如生!我正赞叹不已:这是怎么刻的!一转头,"咦!那又是啥?"原来是"中国景德镇艺术家作品展"。里面有各种各样的瓶子,瓶子上还雕刻着花纹!花纹是蓝色的,还有雕刻着画的。每幅画都精彩绝伦!可我一问,原来不是雕刻的,是在画坯上作画,再烧制而成的,真是巧夺天工啊!更令我惊奇的是台湾老伯

[①] 发表在2016年11月11日《厦门日报》上。

伯带来的纸制神像，据老伯伯介绍，活灵活现的神像是用竹子纸（因为竹有祝的意思）为基本材料，用最原始天然的糊作为胶粘剂，以塑形、阴干、修剪、整形、上彩、彩绘、造型组装等10余道纯手工工法制成，这种工艺源自东汉，距今已有1500年的历史，是地地道道的文化遗产！

参观文博会让我学到很多东西，真是受益匪浅啊！

迷你"白鲨"[1]

洁白而干净的皮肤让人们不禁大呼可爱，迷你而简便的构造让大家不禁连连称赞，惊人的速度和力量又让人瞠目结舌。2018年9月9日，我们《厦门日报》小记者在2018年厦门九八国际投洽会上观展时，我有幸见到这只独一无二的智能机器——"白鲨"。

小白鲨整个身体长大约46厘米，由一个三角形组成，三角形的两侧长着和飞机的机翼十分相似的手，头上竟然还带有GoPro系列运动相机来拍摄美景！工作人员陆姐姐告诉我："白鲨又名自游器。2017年出生在海之蓝海洋设备科技有限公司。一次可以工作半小时，8公斤的推力，静水时速5.4公里。速度1.5米/秒，体重才2.9公斤。这只小鲨鱼，自由携带，随处遨游，可以带着人们潜到水面以下40米的深度。"陆姐姐边说边把白鲨放到水里，

---

[1] 发表在2018年9月14日《厦门日报》上。

见梦：小记者鹭岛采访行>>>

在白鲨的头上挂着一个神秘的黑色盒子，那就是浮力舱啦！浮力舱的两旁是橙色控制器，将两边同时按下，白鲨便开始工作。对了，其实啊，别看白鲨那么小，却是个大力士，能够扛上7个120斤的人呢！我想跟随它穿越海洋，我们一定能看到最美的风景！

动力强劲的白鲨自游器有没有吸引到大家的目光？现在的科技真是越来越发达了，以后一定会有更多的机器人来陪伴我们。我相信，科技，一定能够让未来的世界变得更加美好！

2018年厦门九八国际投洽会"大白鲨"照片　　（许宝莹妈妈拍摄）

会"走路"的垃圾桶[①]

一进门,我就被一个小玩意儿吸引住了,那是啥玩意儿?"它是 3D 打印机!它可以打出任何立体图形,比如,盒子之类。"工作人员介绍说。"哇,这么个小玩意儿也能这样?真神了!"没走多久,我遇见两个机器人,一个向我招手,一个跑了,这真好玩!

这时,我看见了个垃圾桶,我正想走过去把我手上的纸屑扔进去,可只听到我身后"啪"的一声,那垃圾桶竟然很懂事地自己朝我走来。我以为我看花了眼,我睁大眼睛盯着它,它真的是在向我走来,并且在我跟前停下来,接着"哗"的一声打开盖子,我目瞪口呆,像被定住一般,也已经忘记了丢手上的垃圾。

一个"有脚"会"走路"的垃圾桶?我好奇地转头问身后的工作人员究竟是怎么回事。她说:"这是个改造后的垃圾桶,你

[①] 刊登在 2016 年 7 月 5 日《海西晨报》上并获"龙门书局"全国公益杯二等奖。

需要扔垃圾时，拍一下手，这个垃圾桶就会跑到你身前，自动张开盖子，让你丢垃圾，如果丢到外面，垃圾桶会用'手'把它捡起来！"

"好神奇哦，姐姐，那是什么原理呢？""我们的产品'听话的垃圾桶'，就是在已有的垃圾桶形态下，在手机端遥控的作用下或根据预先设定好的指令让其移动至主人身边，使垃圾桶变得智能，使用变得高效便捷，适应现如今社会发展的趋势与潮流。"

我又问："垃圾桶没'眼睛'怎么知道你在哪呢？""它具有红外线感应自动开盖功能，亦可调节为遥控开盖模式。底部安装轮子与声音传感器，可根据指令进行移动。"姐姐不急不慢地回答。

"唔哇！"我情不自禁地发出内心的赞叹，"我想这个垃圾桶长着'腿''手''眼睛'呢！好神奇！真是太有创意了。"我也想有个这样的垃圾桶，如果垃圾桶还有"嘴巴"会说话就好了，它可以问主人心情。"呵呵"，我也想创造一个"萌萌的垃圾桶"。

美味科普活动[1]

2017年9月17日下午，在鹭江道新领荟广场，思明区"全国科普日"系列活动正式启动，今年的主题是"创新驱动发展，科学破除愚昧"。

这场活动由两大部分组成，一个部分是科学知识的普及，还有一个就是高新成果的展示。舞台上有机器人和主持人的精彩互动表演，展位上有科普知识小册子的分发，现场气氛非常热烈。今年活动的"亮点"是科普大观园，有猜灯谜的互动，以及科普基地的展示。科普宣传活动主要有授课，如青少年机器人模型拼装班、老年人中医养生班等，而医院组织的义诊活动通常最受市民们的欢迎。

今年新增科普基地的眼科中心医院还向小记者们介绍了怎么保护眼睛、防止近视的知识。其中的"故宫鼓浪屿外国文物馆"

---

[1] 发表在2017年9月26日《海西晨报》。

见梦：小记者鹭岛采访行>>>

引起了我的注意，据工作人员介绍，该馆收藏了18、19世纪的外国文物，包括英国、法国、意大利等十几个国家的文物，有些是中央电视台的《国宝档案》里推荐的文物。我参加了她们的知识问答活动，还得到了一份奖品——咖啡一杯，很期待什么时候能再去参观"故宫鼓浪屿外国文物馆"并品尝美味咖啡。

全国科普日采访活动　　（许宝莹妈妈拍摄）

亲子比创意　垃圾大变身[①]

2017年7月8日上午9点，阳光明媚，我和妈妈一起来到白鹭洲社区书院总部服务点，参加主题为"当个小小东道主，垃圾分类要领悟"的思明城市义工活动。

听过老师的垃圾分类讲解课后，就是我们现场15组亲子家庭的创意手工大比拼环节了，老师边将一些废品——牛奶盒、矿泉水瓶、废纸等递给我们，边说道："展开想象，来创造创造吧！"我开心地拿出纸笔，开始构思一个功夫熊猫。先把红色卡纸剪成长方形粘在矿泉水瓶上，接着，剪下一个椭圆的形状，用小刀把椭圆形的纸中间插一个洞，把瓶盖的边缘割掉粘在洞上，又让妈妈用小刀把矿泉水瓶割开，把它放进去，熊猫的肚子很大。最后，我做了个红色的帽子给"功夫熊猫"戴上。"哈哈哈！大功告成。"我迫不及待地把作品放到展示台上，高高兴兴地坐回位子。

[①] 发表在2017年7月28日《厦门广播电视报》。

这时我发现小朋友们已经和爸爸妈妈配合一起做出了许多作品，有灯笼、花瓶、储钱罐、望远镜、沙漏、笔筒、窗花、火箭、机器人。真是让人叹为观止！没想到在大家的智慧和巧手下，让报废的垃圾二次使用，垃圾大变身了，成了美丽又有用的东西，真是化腐朽为神奇啊！

这次活动让我们在动手中学习垃圾分类，用满满的创意宣传了环保理念，在这个七彩夏日，我们用童心筑造文明！

学英文采访小礼仪，做懂礼貌的小主人①

2017年3月11日，在市青少年宫，《厦门日报》双语周刊编辑石雯祺给我们《海西晨报》双语小记者上了一节题为"从一份英文报纸谈新闻的基本知识"的讲座，上完课后我们懂得了很多！

从英国留学回来的石雯祺姐姐告诉我们，英语是一门工具，掌握好英语，可以扩宽自己接触的领域，更好地和世界交流。今天，我学会用英语来介绍厦门，非常激动和自豪。厦门是个国际化的开放性城市，让世界了解厦门，让厦门走向世界。用英语来介绍厦门的气候、小吃，厦门的市鸟、市花、市树，以及厦门旅游景点。The egret（白鹭）is the city bird of Xiamen. Our city flower is the bougainvillea（三角梅）. And the delonix regia（凤凰木）is our city tree.

---

① 发表在2017年3月14日《海西晨报》。

见梦：小记者鹭岛采访行>>>

厦门 Xiamen 中国 China 怎么用英语采访？应该要有礼貌！thank you 谢谢，要自我介绍！老师让大家找个同伴来互相采访练习，我当老外，她当记者，她说："Hi! I'm Xiaoke! What is your name?"我说："Hi Xiaoke! Your name is Xiaoke. I'm Kitty!"小可说："Thank you, Kitty!"这可是英文采访的必备礼仪！

所以，作为双语小记者，要认真学习这些英文采访小礼仪，努力做个讲礼貌的小主人，全面展示有文明的大厦门！

最令我难忘的是我参加的"红色遗迹巡礼之旅"，参观革命英雄纪念碑，我为英雄们牺牲而热泪盈眶；参观厦门各界抗敌后援会会所，我为日本的侵略而义愤填膺；参观何厝小学，我为厦门英雄小八路的勇敢而骄傲自豪。革命先烈永远活在厦门人民心中，先烈们的献身精神永远激励我们在社会主义现代化建设的征途上奋勇前进，激励着我们小红领巾为祖国的强大而努力学习！

参观厦门各界抗敌后援会会址[①]

2017年5月20日早上，我们《海西晨报》向日葵小记者经过繁华的中华城，穿过闽南特色的小巷，来到厦门思明区定安路71号，看到一栋棕色4层的骑楼建筑，门前立着一块石碑，这就是厦门各界抗敌后援会会址。

这栋楼本来是1929年一位中国台湾的产科医生建的保生医院。1937年七七事变后，日本帝国主义不断以飞机、战舰袭扰厦门。1937年7月28日，福建省各界抗敌后援会厦门分会在此成立，下设11个工作机构，中共厦门工作委员会领导后援会宣传、慰劳两个工作团，出版了《抗战导报》等刊物，推动了厦门抗日救亡运动的蓬勃发展。中华街道巷游讲解员陈菁介绍："宣传团演讲等系列活动让厦门群众的抗日热情和氛围持续高涨，慰劳团鼓励大家捐资捐赠给抗日提供了有力的后勤保障。"

---

① 发表在2017年5月23日《海西晨报》。

见梦：小记者鹭岛采访行>>>

　　我仿佛回到了战火纷飞的抗战年代，许多抗日志士在这栋楼上，散发抗日宣传的传单，鼓励大家全员去参加抗敌活动。我们不应忘记先辈们的艰辛，应该珍惜今天来之不易的幸福生活！

壮哉！伟大的巾帼英雄[①]

我们向日葵小记者十几人，在 2016 年 12 月 25 日上午，走进厦门烈士陵园，共同缅怀为解放厦门牺牲的烈士。巾帼英雄的故事让我很震撼！

李林烈士：1940 年 4 月下旬，日寇出动 8000 多人对雁北发动空前规模的大扫荡。李林带领警卫连的骑兵勇猛地向敌人冲杀，不幸坐骑中弹，她也身负重伤从马背上摔下来。在敌人逼近临被捕的时刻，她把最后一颗子弹打进自己头部，壮烈牺牲。

张永锦烈士：1949 年 10 月 15 日，解放厦门的渡海战役开始了。张永锦驾船冒着枪林弹雨，疾驶在全队的最前列，眼看就要靠岸，突然敌人的一发炮弹落到船边爆炸，张永锦不幸负伤，她挣扎着紧握舵把划行，拼出全力高喊："往前冲上去！"随后倒下。

[①] 刊登在 2016 年 12 月 27 日的《海西晨报》，并获新闻大赛二等奖。

刘惜芬烈士：1949年10月16日，也就是厦门解放的前一天，被敌人绞死于厦门鸿山脚下。刘惜芬是一名年轻漂亮，有学识文化的医护人员，可贵的是她在被捕后，在非常恶劣的监狱环境中，面对敌人的严刑拷打、惨无人道的折磨，她始终坚贞不屈。

壮哉！伟大的巾帼英雄！革命先烈永远活在厦门人民心中，先烈们的献身精神永远激励我们在社会主义现代化建设的征途上奋勇前进，激励着我们小红领巾们为祖国的强大而努力学习！

发扬英雄小八路优良传统
做新世纪建设者和接班人

2017年2月19日，我们来到厦门何厝小学，走进英雄小八路纪念馆参观。"英雄小八路"是1958年炮击金门战斗中涌现出来的少年英雄群体。我们边参观展品，边听丁老师的讲解：在炮战前夕，没有撤退留在前方的13名儿童，组成"前线少年支前活动大队组织机构"，平时为解放军叔叔们煮饭做菜、洗补衣服、搬炮弹、烧开水、发通知、抢修电话线、急修阵地，可勤劳能干呢！而且，小八路们还去站岗放哨，非常英勇！他们接受了战火的洗礼，经历了生和死的考验。

1959年9月10日，团市委王馁副书记来到少年支前活动队部，把一面绣着"英雄小八路"的锦旗赠给他们，并宣读了授予他们"优秀队员"的光荣称号。音乐家寄明来到这里了解了"英雄小八路"的故事后，很受感动，创作了《我们是共产主义接班人》这首歌，1978 年，共青团十届一中全会决定将《我们是共产主义接班人》作为中国少年先锋队队歌。

当我知道我们的少年先锋队队歌就诞生在这里时，一股自豪感油然而生。我们要发扬英雄小八路优良传统，努力学习，做新世纪的建设者和接班人！

观看"中华情 中国梦"大型演出

2016年9月1日晚上,我和妈妈来到厦门白鹭洲公园音乐广场,白鹭洲广场在周围筼筜湖夜景的衬托下显得分外美丽。19:30,中国文联艺术家走进厦门大型慰问演出"中华情 中国梦"正式开始前,主持人在优美的音乐中,让大家开启手机手电筒,在夜幕中随音乐晃动,就像满天的星星,美丽极了。

演出开始了,节目有独唱、歌舞、相声、魔术、杂技等。美妙的歌声使我心旷神怡,在星空下我觉得自己仿佛在畅游银河,主持人的声音响起,我才发现原来我是在美丽的厦门。

主持人说:"实现厦门梦就是实现中国梦的组成部分。"

美丽厦门,共同缔造。上周我和晚报小记者们一起去鼓浪屿为鼓浪屿申遗助力,我愿意为厦门的美丽继续尽我的一份力!

见梦：小记者鹭岛采访行>>>

为祖国深情演绎

2018年9月30日，在五缘湾音乐厅，思明区庆祝中国成立69周年暨改革开放40周年《春华秋实》民乐专场音乐会拉开了帷幕。这次音乐会将我们对祖国的真情挚爱，尽情抒发，深情演绎。

全场肃静，夹杂着一阵雄壮鼓声的音乐从天而降，让我眼前仿佛出现这样的画面：一望无际的草原，风吹拂着，草随风舞蹈，整齐有力又快速的蹄声响起，在草原上好像万马奔腾而过，将地都踏平了。此时四周的灯光聚焦台上，将观众们的目光都吸引到舞台中央。身着黑色西装的指挥者，抬起了手中的指挥棒，台上的演奏者聚精会神地演奏着乐曲，大提琴、低音提琴、古筝、琵琶、二胡、鼓等乐器声融合在一起。在迷人的乐章中我仿佛还看到：枪林弹雨中，百万雄师横渡长江；海面上，东边的太阳冉冉升起，四射的光芒让人睁不开双眼；演习时，威武的战舰和迎风飘扬的五星红旗。每一首曲子都吟诵着历史，记录着中国的改革开放已经走过40年的伟大征程一步一步走来的脚印，不禁令人心潮澎湃。如此完美的深情演绎令人惊叹！如此动听美妙声音的演奏者大部分是青少年，令人自豪！

　　十月奏凯歌，人民豪气壮。今天我们在共和国的怀抱里欣喜地迎来中华人民共和国成立69周年的喜庆日子。我们将用勇敢、智慧和勤劳去书写当代中国发展进步的新篇章。

结束语

　　走访从厦门百年鼓浪屿古老风琴声中开始，在崭新的五缘湾音乐厅的钢琴声中结束，我心中装满了对厦门的无比热爱和对厦门老一辈建设者们的崇高敬仰。

02
第二篇章
| 七彩光　絮絮语 |

七彩童年，精彩生活，幸福时光

小记者课堂

我热爱小记者这个团队,参加有趣的小记者活动,拿着望远镜观察鸟儿,在大巴车上听老师讲英语绕口令,竞选小主播。我从讲话手抖磕磕绊绊到采访面带微笑讲话顺畅。还有科学实验课,有橄榄球体验课,有写作训练课,一路上我学到了许多知识,结识了许多朋友,我希望能用自己的手记录下世间美好。在小记者这条路上越走越坚定,看清前方的光明,学到更多有趣的事情,并且创造属于自己的未来。

见梦：小记者鹭岛采访行>>>

初春，邂逅最美的你们

"近点！小声！慢慢地！"瞧！干吗？是小伙伴们正在观鸟呢！"对了！嘘！小声点啊！别把鸟吓跑了！"来！我们快和"雪狼"老师一起观察和认识鸟类吧！

3月是属于春天的，草长莺飞，万物复苏。我们行走在碧水蓝天的南湖公园，老师先告诉我们观鸟要注意的事项："保持安静""穿浅色调的衣服""动作要慢""注意安全""不破坏生态"。接着，又教给我们望远镜的使用方法。来到湖边，老师让我们先观察比较呆萌的禽鸟，我拿起望远镜，左近右远认真地调试着，发现湖那边的景物都看得清清楚楚。我看见一只黑嘴红爪的小白鹭停在水边，老师告诉我们还有一种是大白鹭，比小白鹭体形大，是红嘴黑爪，真是太可爱了！这时，天上很潇洒地飞过一只大鸟，老师让我们观察它脚往后伸的飞姿，告诉我们它也是一只鹭。因为它背上的羽毛是灰色的，所以，它是只苍鹭，刚开始大伙儿还以为它是老鹰呢!

接着老师指了指草地上的几棵大树，"现在大家来观察一下比较活跃的灵鸟，你们看那是什么鸟？"老师说，"大家要慢慢地靠过去！"说完，胡志杰先当排头兵，趴在地上，慢慢地向前挪动，接着是朱加炜，到我了，我恨不得奔过去，但又怕惊动了鸟儿，只好爬过去。来到树底下，拿望远镜观察：那是一只小鸟，上体是绿色的，肚子是白色的，脖子和尾巴有点淡黄色，眼周有一白色眼圈极为醒目，真是太美了。老师告诉我们，它还有一个很美的名字叫"暗绿绣眼鸟"呢！

太幸运了！在最美的春天，我有机会邂逅到最美的你们。

初春，遇见最美的你们　　（许宝莹妈妈拍摄）

见梦：小记者鹭岛采访行>>>

小记者大巴上传出英文绕口令[1]

大巴车上传出一阵背英语的声音。是不是一群老外？不不不，这车上坐的是一群小记者，他们正在背英语绕口令呢！

把镜头转向车内，卢璐老师手拿话筒，面带微笑："谁来试一下这段英文绕口令？"小记者们抓耳挠腮，痛苦不已。这时，只见一只手颤抖地举了起来。把镜头再拉近点，那只手的手心满是汗珠，血管都给绷紧了，5根手指紧紧地粘在一起。这只手好似刚刚从冰箱里取出来的鸡爪一般冰冷，那只小手的主人就是我！其实绕口令我已经背诵熟了，可是我犹豫不决，要不要上台，第一个举手？老师请我背诵的时候，我会不会背得结结巴巴、支支吾吾呢？我心虚了，一下子把手给收了回来，可是，已经被老师看到了，老师念我名字的那一瞬间，我感觉心脏停止了跳动。空气都凝固了，整个人像被泼了一桶冷水一般，愣住了，话筒不知

---

[1] 发表在2018年12月25日《海西晨报》A13版。

不觉地传到了我手中。我盯着话筒，镇定下来，在脑海里复习了一遍绕口令，然后，深深吸口气，一口气背下来了。车里一下响起热烈的掌声。卢老师还奖励了我一个冰激凌！挑战自我成功，我太开心了。这个心情就像坐过山车啊！

　　接下去，又有许多小记者上台挑战，有口误，有意误，大家捧腹大笑，车厢里充满了欢声笑语。在小记者大巴上说英文绕口令真令人难忘！

见梦：小记者鹭岛采访行>>>

用衍纸创造童话世界[1]

"衍纸"据说来源于 15—16 世纪前后的欧洲，就是以专用的工具将细长的纸条一圈圈卷起来，成为一个个小"零件"，然后组合创作成样式复杂、形状各异的作品。

在 3 月 24 日小记者的周末课堂，洋溢着艺术的氛围，小记者们正在用各自的灵感创作心中最美的作品。上台展示了，我都惊呆了。你看！湖明小学的石隽雅同学创作了南斗七星，让人想起了美丽的传说；湖明小学的郭琬琦同学制作了缀满鲜花的童话小屋，使人想起童话《白雪公主和七个小矮人》；而滨东小学的许籽钰展示的《水果世界》，让人好像闻到了各种果香；滨东小学的郭婉菲塑造的鲜花和蜜蜂的约会，让人好像感觉到花的甜蜜；而我呢，制作调皮的小猫转头抓蝴蝶的样子，就是一幅《小猫钓鱼》。还有的同学根据《麦田的守望者》想象出故事画面来。我

---

[1] 发表在 2019 年 4 月 10 日《海西晨报》。

被这些美丽的衍纸作品所感动,也被这些描绘出的童话故事所感动,更为小朋友们美好的心灵所感动。

用衍纸创造童话世界,真是一件令小朋友们快乐的事。

用衍纸创造童话世界　　(许宝莹妈妈拍摄)

见梦：小记者鹭岛采访行>>>

体验"小小朗读者"小主播公益课[①]

当打开收音机，听着主持人悦耳的声音，我们仿佛走进了美妙的境界，欣赏着迷人的风景……你想拥有好听的声音吗？你想让你的小主播梦插上理想的翅膀吗？

今天，在报业大厦的 11 楼讲课厅，我们体验了一次做主播的滋味。听了高级配音师雪倩姐姐的经验分享，当好主持人第一课，控制声音三大招：第一招是口部操，大家从保护嗓子的气泡音练起，再到提颧肌训练，再到较难的唇舌练习，有立舌、卷舌、绕舌、打舌等。第二招是气息练习，掌握胸腹 21 秒呼吸法，用肚脐向下 3 厘米左右的丹田的气息来练习，s——一口气能够呼多久呢？老师耐心指导：想象在闻前面的一盆花！大家缓缓吸气，缓缓呼，终于通过了这一关。第三招是打开共鸣，用 a 打开口腔，用 i 打开胸腔，只见大家深吸一口气，认真地练起来。最后雪倩

[①] 发表在 2018 年 10 月 19 日《厦门日报》。

姐姐用美丽的声音带大家吟诵诗歌，大家利用丹田的气息，带着感情读着。姐姐不论站姿坐姿、发声腔调，都十分到位，字正腔圆，真的是我们的好榜样啊！

姐姐说播报要求普通话必须标准，而且不可以读得太平淡，要有感情；读错一个词还要罚 50 元呢！当一个小主播真的不容易，我们可要加油哦！

见梦：小记者鹭岛采访行>>>

越来越自信的我[1]

第二届"全球青少年华语风采大赛"，福建厦门赛区第一场口才类选拔赛，2017年5月7日下午3：00在厦门市悦享中心一楼中庭举行。

我也是参赛的选手之一，来到现场，我取了号后就在一边焦急地等着。《海燕》《再别康桥》《狐狸的分配》，选手们的演出真是精彩纷呈。25号到了，我是35号，心里很紧张，《厦门日报》的潘倩老师说："没事！上台锻炼多了就不紧张了。"到35号了，我带着忐忑的心情上了舞台，看看台下的观众，我吓了一跳，好多人！我深吸一口气，开始念，慢慢地，我越念越不紧张，开始有自信，微笑起来，越讲越自然，心想现在要比在台下心悬在半空要好多了，于是顺利地朗诵下来。表演完毕，我就开心地走下台了。妈妈也满意地拍着我的肩膀说："重在参与，锻炼自

---

[1] 发表在2017年5月12日《厦门日报》。

我，一份锻炼一份成长！"

我也觉得参加《厦门日报》小记者团一年多以来，经过各种活动锻炼，我变得越来越自信了，演讲更加勇敢，口才也更棒了。同学们赶快来这个舞台秀出你的风采吧！

越来越自信的我参加全球华语风采大赛复赛

（许宝莹妈妈拍摄）

见梦：小记者鹭岛采访行>>>

我来竞选小主播[1]

1月24日，在厦门日报社19楼多功能厅，正在进行一场小主播海选！知道吗，全市有几百名小记者参加角逐哦！我们滨东小记者也摩拳擦掌，跃跃欲试。这一次比赛可重要了，选中的选手们可以和罗曼王子老师一起进校园采访呢！

一年多来，我经过日报小记者活动的锻炼，有过多次上台讲话的经验，已经不像第一次上台那么手足无措了。我深吸一口气，清了清嗓子，便拿起话筒从容走上台来，刚走上舞台那一瞬间，我的心脏还是使劲跳个不停，但我已经会控制自己情绪了！竞选开始了，我先介绍了自己，慢慢地觉得不怎么害怕了，于是，我的声音便变得铿锵有力起来。当我开始分享我的才艺时，我已经放松了心情，像是和别人聊天一样自由发挥，从生动的故事到有趣的笑话，讲得别提有多痛快了。不知不觉3分钟时间到了，本

---

[1] 发表在2018年1月26日《厦门日报》。

84

来总是让我直冒冷汗的难挨的台上光阴今天显得特别短暂。这次活动真的又使我进步了不少！

　　最后，老师精心地点评了我的表演，纠正了我的错误，让我受益匪浅！虽然没有拿到很高分的成绩，但是我从中得到了锻炼，加油，自己一定会越来越棒的！

见梦：小记者鹭岛采访行>>>

嗨！稻草人！[1]

瞧！那不是稻草人吗？穿着白色的小衬衫，蓝色的牛仔裤，戴着红色的太阳帽，真是太可爱了！

我准备自己动手做一个独一无二的稻草人。我找到了一块布、一些泡沫板、一张纸、一根竹签和一些稻草。我先用纸剪出稻草人的帽子和衣服，还特意剪了一个装饰用的蝴蝶结，然后用彩笔将它们涂上美丽的颜色。接着，将一小块泡沫板搓成圆形，用布包裹住。我在布上画了弯弯的眉毛、大大的眼睛、尖尖的鼻子、宽宽的嘴巴，稻草人的头就完成了。紧接着是稻草人的身体制作。我将纸剪成的衣服贴在泡沫板上，做出稻草人的身体，再用竹签将头和身体固定在一起，稻草人已见雏形。

最后，我用胶枪把几根稻草和蝴蝶结固定在帽子上，再把帽子粘到稻草人的头上。看着越来越有样子的稻草人，我忍不住笑

---

[1] 发表在2017年10月30日《学生周报》。

了笑，用剩下的稻草做了一条草裙，再用绳子把草裙绑在稻草人身上。看看，我的稻草人"姑娘"做好了！

"嘿！稻草人，你好啊！"看看自己做的可爱的稻草人我开心极了！

制作泰迪熊

国庆节，我和爸爸妈妈一起参加《海西晨报》主办的活动——手工制作泰迪熊活动。

教我们制作泰迪熊的设计师，是刚从纽约回来的美女姐姐，她很耐心地教我们穿针引线，刚开始我缝的线真是歪歪扭扭、高高低低，有几次还只缝了一面，妈妈看得牙齿都快笑掉了，不过慢慢地我找到窍门缝得整齐起来，妈妈也对我刮目相看了。

设计师开始发图纸了，我先拿起设计师给我们的图纸，剪下泰迪熊各个部位的纸样，然后拿起一件衣服，用粉笔照着纸样画上泰迪熊的头，再将它剪下来，并按照它的形状，再剪一个泰迪熊的头，接着把两片头型的布反过来对好，用针缝起来，然后再把棉花塞进去。接下来，就是做耳朵了。泰迪熊的耳朵和头的步骤一样，画两个半圆形，耳朵比较小要用手掰一掰，再放点棉花进去，然后缝在熊的头上。我再剪两个圆圆的身体，用棉花塞得鼓鼓的,再缝好。最后,我剪了手脚的形状,手脚特别长我缝得特别辛苦。把所有东西都缝在一起后,我在泰迪熊的脸上缝了两颗纽扣当眼睛,大功告成,我很开心。

最后是展示环节,我把泰迪熊拿给爸爸看,爸爸大吃一惊,"哇!多漂亮的泰迪熊!"可是,妈妈觉得泰迪熊多丑啊,这么丑的泰迪熊,两个耳朵也不一样高,脚上有个地方还露出了棉花。可是,它将是我最心爱的泰迪熊,因为它是我亲手制作的,我要把它带回家,铺最好的床给它,煎最好的鱼给它吃,拿最好的衣服给它穿。它是我最心爱的宝贝!

制作泰迪熊　(许宝莹妈妈拍摄)

见梦：小记者鹭岛采访行>>>

一堂有趣的"折射"实验课[1]

12月3日下午，从台湾来的安凯老师在厦门日报社4楼咖啡厅，给我们上了一堂生动有趣的实验课。他先用生活中物体的影子现象告诉我们光是直线行走的，又通过日常的现实感受告诉我们光遇到别的物质会发生偏折，再用很形象的比喻说明光在不同的物质中的传播速度不一样，然后他带领我们进入了神奇的实验之旅。

桌上放着一个大的带有刻度的宽口玻璃瓶、一个小塑料杯子、一根筷子和一枚硬币。我们戴上防护眼镜，穿上实验服，开始做实验啦！我先用塑料杯接满一杯水，倒进玻璃瓶里，装满400毫升时，我们把硬币压在玻璃瓶下，当从下往上看时，硬币还在，从上往下看时，硬币竟然不见了！还有一个实验很有趣，老师给了我们一个透明的袋子，在袋子外面画一只兔子，又拿出一张纸，

---

[1] 发表在2016年12月16日《厦门广播电视报》。

在纸上画了一头牛,放进袋子里,再将袋子放进水里,你会发现在袋子里面画的牛不见了,而只能看见在袋子外面画的兔子。神奇吧,神奇吧!来!还有一根筷子的魔术,近看筷子是一根直线,那把它放到水里呢?筷子上半身变得窄窄的,下半身变得胖胖的,而且筷子看过去"折"了,不是直线了,这是什么原因呢?之所以我们看到的东西"折"了,是因为光线在通过不同物质的时候,方向会发生偏折,这就是折射。

这真是一堂有趣的实验课,而且在愉快的实验中,我们学会了深奥的有关折射的物理知识。

见梦：小记者鹭岛采访行>>>

蜡烛燃烧大揭秘[1]

12月24日下午，在厦门日报社4楼，安凯老师给我们日报小记者上了一节有趣的科学实验课。要揭开的是生活中大家都常见的蜡烛的秘密。

蜡烛也会变魔法？你看安凯老师拿起一支点燃的蜡烛，把它吹灭，然后把火靠近蜡烛，还没碰到蜡烛芯，蜡烛就自动点着了，这是魔法吗？哦！原来是蜡烛在燃烧时，是从固体变成液体，再从液体变成气体，火靠近刚被吹灭的蜡烛，上方还存有气体状蜡烛，所以就会燃烧起来。安凯老师的蜡烛燃烧大揭秘，让我们如梦初醒，恍然大悟。

"如果我们将高低不同的蜡烛点燃后，用盖子盖住，谁先灭呢？"大家看法不同，意见不一，争执不下。好，那就让我们动手做做这个实验！准备好烧杯、蜡烛、剪刀、打火机、塑料盒子。

---

[1] 发表在2017年2月17日《厦门广播电视报》。

先修剪3根不同高度的小蜡烛，用打火机将3根蜡烛的底部烧热，等有蜡油流下时，马上把蜡烛粘到盒子上，检查蜡烛不会动了，再把3根蜡烛点燃，用透明烧杯慢慢盖住3根蜡烛，我们发现最高的熄灭了，接着中等的也熄灭了，低的最后熄灭！为什么？原来蜡烛燃烧释放出二氧化碳，较热的二氧化碳飘在上空，冷却后，密度较重的二氧化碳就慢慢向下沉，所以最高的蜡烛最先灭，而最低的蜡烛最后灭。这就是为什么火灾时，不要直立行走，应弯腰或匍匐前进，才更有逃生机会。

蜡烛燃烧大揭秘　（许宝莹妈妈拍摄）

安凯老师还在放燃烧的蜡烛的塑料盆里加上有颜色的水，再盖上烧杯，我们发现蜡烛多的烧杯进水多，原来是气压变小的原因。你们看小小的蜡烛可以告诉我们大大的道理，这节有趣的实验课让我深刻体会到动手实践、钻研科学的魅力。

一堂有趣的编辑课

今天早上,我听到了一个激动人心的消息:报社的魏编辑要来给滨东的小记者们上编辑课啦!下午,有50多名精挑细选出来的小记者很幸运地听到了魏老师的课——《用一张纸来表达心意》。

魏老师上课时幽默风趣,谈笑风生,他深入浅出地告诉我们今日要谈谈有关版面的问题,就是如何用一张纸来表达心意。首先,版面上有什么?有新闻、图片、稿件、设计等内容。其次,要知道几个重要概念。版面从位置上看,分头条、倒头条;从栏上看,分标准栏、边栏、专栏。这是帮读者分清轻重,在阅读的时候不会发生"选择困难",在做报纸时,设计要合理,要不读者看报会很麻烦。最后,要安排好字体、字号,这可是有水平的责编必看的!黑体代表庄重;大标宋、小标宋象征知性,什么风格的报纸配什么字!报纸要让读者看的时候更轻松。

见梦：小记者鹭岛采访行>>>

没想到报纸版面里藏有这么多的奥秘，真是大有乾坤，今天我们滨东的小记者真是大开眼界！大家兴致勃勃地讨论着，满怀期待着我们能动手制作一份属于我们自己的报纸。

体验高尔夫

6月4日早上，我们小记者一起来到温高力高尔夫室内球场，学习如何打好高尔夫球。小记者们带着好奇的心，推开高尔夫室内球场的门，走了进来，有的惊叹不已地看着推杆练习区，有的赞不绝口地摸着高尔夫的感应器，还有的小记者连连点头走到舞台下的座位坐下。

杨老师教了我们打高尔夫球的要领后，就让波波老师带我们到高尔夫练习区。我是第一个，有点害怕，老师拍拍我的肩，说"加油！你能行！"我点了点头，用眼睛紧紧盯住球，然后，把球杆挥起，用力朝球打过去。我以为是一个完美的球，可是，竟然没打到！我长叹一口气，教练没有嘲笑我，他又说了一声"加油！你能行！"我吸了口气，重新举起杆，向下一推，球打中了！我看看大屏幕，"什么？才6.9米？逗我？"我快哭了！教练走了过来，说："打球，眼睛要看着球，双脚与肩同宽，不可想着用杆去击球，要以球一定在挥杆轨道中的信心来打球。"说完后，他又冲我笑了笑，"加油！你能行！"我集中注意力，心里默念着动作要领，挥起球杆，用力一打！我简直不敢相信眼前的一切！我的球打出去了，45米远！我成功了！教练向我竖起大拇指，"我就知道你能行！"我也笑了。

随后，我还采访了幽默的外国人温高力教师，温老师的一句"因为厦门美丽，所以不在自己国家当教练，跑来厦门当教练"，让我备感亲切。

有趣的橄榄球课堂

沙坡尾最美的海滨公园里,阳光明媚,宽敞的球场上铺着绿色的草坪。一群少年精神抖擞地站成两排,正认真地听着外籍教练介绍橄榄球。

"要传橄榄球,不能往前传,要往后传,而且不能面对面传,必须侧面传!"听起来很简单,但是做起来蛮难的。刚开始练习,大家手忙脚乱:有的站错位置,晕头转向,找不到北;有的扔歪了球,让队友手足无措;有的没抓着球,反而摔了一跤,疼得哇哇叫;有的把球传错了人,场面一度混乱。教练于是认真地给我们做示范,那动作十分有力,又准确无误。只见他将手一抬,脚跟着轻轻地抬起,身子快速往前奔去,一个迅捷转身,将球扔向一旁,球在天空中划出一条美丽的曲线,完美地落到了另一位老师的手中。大家都赞叹不已,拍手叫好。接着,教练们仔细纠正我们的动作,每一个动作都有一定的标准高度,我们认真地学着,成功地学会了传球和接球。绿茵场上，我们手中抱着沉沉的像橄榄放大了十几倍的球，一蹦一跳，有趣极了！

  这次橄榄球课堂上，大家兴致勃勃，趣味盎然。最后，我们将手搭在一起，异口同声地喊着"rugby"（橄榄球的意思），团结的声音冲破云霄，传到千里之外……

我学功夫瑜伽[1]

看过《功夫瑜伽》的同学们，一定对影片中印度的功夫瑜伽目瞪口呆，心驰神往吧！3月4日下午，在《海西晨报》的双语小记者课堂，英拉瑜伽的"哀派"老师来给我们上瑜伽课，他可是印度人哦！

开始上课了。老师先示范一个动作——"小狗耍赖"，把脚伸直，脚掌抓住地面，臀部向上提，双手尽量去够地。我挥了挥手，"哈哈哈！简单！小菜一碟啊！"开始吧！于是，我先站着，然后弯腰双手朝脚趾伸去，随着一声"哎哟！我的背啊！"我的背一阵酸痛，我摸摸背站了起来。练瑜伽还真的不简单！再来一个动作"金鸡独立"。我收起左脚，左脚掌搭在右膝盖上，努力站直，没多久，我就摔了个四脚朝天。一旁的同学捂着嘴笑了，另一个同学说："哎！得意啊！看你待会是呵呵笑，还是嗷嗷叫！"

---

[1] 发表在2017年3月7日《海西晨报》。

这时，老师说："接下来我们做压小胯！"我的欢喜忽然间蹿进嗓子，心里欢呼着，暗暗想：我可是练过两年芭蕾的。于是，我盘起腿，向前趴，整整坚持了20秒！那个同学惊呆了！我真棒！

今天第一次接触，我便爱上练瑜伽！最后，我采访到了"哀派"老师，他告诉我：练瑜伽还能修身养性，强身健体。同学们天天练，身体会越来越好！加油！

难忘的夏令营

8月20日上午，我们广电小记者97人来到泉州国心绿谷基地参加"挑战自我，快乐成长"夏令营。在这里，小记者们结交了许多朋友，组建了许多团队：狼牙队、社会队、烽火队……

首先，是"我们是最棒的团队"难关。队员们围成一个圈。各拍左右两个同学的背一下，才能念出"我们是最棒的团队"中的"我"。拍两下，才能念出"我们"，拍三下，才能念出"我们是"。依此类推。大家必须正确整齐地做好动作，不然，就通不过关卡。考验我们团队精神的时候到了，大家万众一心，同心协力，一起通过了重重危险，攻克了种种难关。以第一名17秒的好成绩通过了。是的，大家都抱着一颗团结的心，团结的心，刀枪不入！

还有搭建竹林小屋。用12根竹条搭建一个能够容纳32个人的竹林小屋，考的是团队的合作精神。有的人要去设计草图，有的人需要扶竹子,有的人要拉绳子,有的人需要绑绳结,最后大家分工合作,运用并排的方式,把竹子们绑在一起,再把一个个竹排连接起来,打了牢固的结,搭了一座竹林小屋。分为二、三年级,四年级,五、六年级几个房间。牢固结实,从下午一直撑到晚上,从烈日一直撑到暴雨,它都没有倒。就像是我们团队的精神那样,强大得像石头一般,谁也征服不了。

  回想起我们第一天建队时,大家坐成一圈,手掌印下五彩霞。白纸上画下自己的掌印,在印满手掌的画面上写下自己的希望和承诺,留下自己的手迹,签上自己的姓名,五彩的画面连成了一个缤纷的友谊彩虹!拥有满满的团队力量!我为我是这个营的营长而骄傲!

园博苑观鹭

初春,风和日丽,草长莺飞。我们一行二十几人,来到园博苑进行湿地观鸟一日行活动,了解湿地鸟类的生活习性,感受湿地鸟类精灵般的美。

绿色园博,缤纷湿地,令人目不暇接。厦门也称鹭岛,所以我的视线尤其关注鹭鸟。从望远镜里看,你瞧小白鹭:全身都是白的,嘴上是黑色的,头上还竖几根羽毛。"小白鹭,你也太会打扮了,打扮得挺漂亮哈!"你看大白鹭:全白,嘴橘色,翅膀大,脖子是一个"S"形状。"大白鹭,你的脖子真优美,是不是要和天鹅比美呢?"哦!我还发现了双胞胎大小白鹭鸟的秘密:小白鹭的嘴是黑色的,脚趾是黄色的;而大白鹭的嘴是黄色的,脚趾是黑色的。平时我路过筼筜湖时,看到飞翔的鹭鸟,也没注意到这点。还有中白鹭:黑色的嘴角上有些黄色的毛。"小淘气,你是不是吃完东西忘洗嘴了?"在波光粼粼的湖面上,最帅的是牛背鹭：头上一些毛是橘色，翅膀上一些毛是橘色，嘴橘色，其他全白。"哟，牛背鹭，这发型真时髦，你的背怎么和牛的背一样？真酷啊！"再看池鹭：嘴黄，脖子棕色，背深褐，肚白，脚绿灰色。"哇！你身上的这套美服颜色太亮眼了吧！"

这时，天空掠过一只展翅飞翔的大鸟，全身灰色，身形矫健，姿态洒脱，我以为是老鹰，老师说它也是鹭鸟，叫苍鹭！今天真是大开眼界！认识了那么多精灵般的鹭鸟，我们的厦门真是名副其实的鹭岛！

一波三折的第一次采访[①]

在一次"垃圾不落地琴岛更美丽"的采访活动中,我们将给琴岛上的外地游客分发蓝色可降解垃圾袋及宣传"垃圾不落地"的扇子,让游人不随意地乱扔垃圾,并向游客提几个问题。活动开始了,我心里很紧张,又不相信自己,就一直不由自主地跟在许籽钰身后。最后,等她采访完,我却什么也没采访到。妈妈提醒我,"一直跟在别的记者后面是采访不到新闻的!"我听了,有道理啊!于是,我硬着头皮,鼓起勇气走到一个年轻的姐姐身旁,"您好,我能……""哦,不了,谢谢,没空!"我很失望,我又走到路边一个看手机的叔叔面前,我满怀期待地抬起头问道:"叔叔,打扰一下,我能……""对不起,我有事!"说完就急匆匆地走了,我又一次失望了。我垂头丧气地走上一条小路,很伤心地走着,这时,我看见一个阿姨坐在那边的椅子上,我犹豫了

[①] 刊登在2017年1月12日《海峡生活报》。

一下,"去还是不去？去,会不会又被拒绝？不去,可是我的采访任务还没完成呢！"最后我下定决心走了过去,"阿姨,我能打扰一下吗？""可以啊！"我心蹦了一下,有人同意我采访了！高兴至极,结果我一激动,忘词了,我红着脸把袋子和扇子给了阿姨,说:"这是给你的礼物！"说完,我立刻跑开了。

　　一波三折的第一次采访让我明白了：采访一要有自信,二要不怕挫折,三要在关键时刻不掉链子！

移动的海上别墅

　　12月16日早晨,我们文明小博客小记者来到鹭岛游艇会,带着爸爸妈妈一起进行了一次游艇出海的体验之旅。坐游艇是我梦寐以求的愿望,今天就要实现了别提有多激动呢!在柏萱姐姐的带领下,我们来到了游艇停靠的码头,远远望去,一艘艘整齐排列的游艇,轻盈得像海上飞碟,灵巧得像可以遥控的玩具!登上了游艇,却让我目瞪口呆,里面别有洞天:有配小餐桌的客厅,有带冰箱的厨房,有卫生间,有卧室!而且外面还有船舷做栏杆的"阳台",这个"阳台"外便是茫茫的大海,坐在正在移动的"阳台"的沙发上,海风吹起头发,白色的浪花就在身后一簇簇地涌起,真是太惬意了。一抬头我又惊奇地发现这个海上房子竟然是两层的,是名副其实的小别墅。我顺着小台阶,到了顶层,顿时豁然开朗,前面是海天一线的如画美景,令人陶醉!游艇在海上风驰电掣地行驶着,我觉得自己就像在海上飞起来了!

见梦：小记者鹭岛采访行>>>

据船长介绍，这艘游艇是45尺的进口豪华游艇，它可以在国内的任何海域航行，最远到过青岛和海南三亚。鹭岛游艇会的董事长沈先生还告诉我们，他们公司有6艘游艇、4艘快艇、10艘运动帆船，主要经营水上休闲、高端商务、产品推广、广告拍摄、私人定制派对等业务，他们的宗旨是：服务鹭岛，让厦门更美丽。我又有了新的梦想，我梦想明年能在这个移动的海上别墅过一个特别的生日派对。

打开静态物写作的脑洞[1]

上周六在汉书院，雪儿老师给我们《厦门日报》的小记者上了一节描写静态物的写作课。我平时很好动，对动作比较感兴趣，观察仔细，所以描写也生动，但是对不声不响、不移不动的静态物我还真有点头痛，文短词穷，但听了雪儿老师的课后，我脑洞大开。

雪儿老师的讲课方法非常独特，她采用导图来理清状物作文的思路。比如写，杧果可以画出几个分支，从形状上看，椭圆还是圆形；从颜色上看，绿的、红的还是黄的；从味道上，苦的、酸的还是甜的；从触觉上，硬的还是软的；闻起来，是香的还是无味的；再联想有关杧果的故事、工具、名人等，顺藤摸瓜一直想下去。这个方法真的让小记者们脑洞大开。

一位槟榔小学的姐姐画了一幅精彩的苹果思维导图，你看她

---

[1] 发表在 2016 年 12 月 16 日《厦门日报》。

从苹果的节日线可以想到，意味深长的平安夜苹果；从苹果的科技线可以想到，高大上的苹果手机；从苹果的音乐线可以想到，耳熟能详的《小苹果》歌曲；从苹果的加工线可以想到，苹果汁、苹果派、苹果醋、苹果干；从苹果的生长线可以想到，苹果花、苹果叶、苹果种；从苹果的名人线可以想到，《白雪公主》和牛顿的万有引力等。真是脑洞大开，可以写的东西就多了。

最后，雪儿老师让我们现场描写了一个烧香的炉，写完还让每个同学上台交流。我根据雪儿老师教的导图，通过眼观、耳听、手触、鼻子闻等方法打开思路，一会儿时间就写下许多描写香炉的文字，我觉得我真是脑洞大开，写作水平突飞猛进耶！

<<< 第二篇章 七彩光 絮絮语

我在高招咨询会上当小义工[①]

6月26日上午7点半，我们10来个《厦门日报》小记者来到凯宾斯基4楼当"高招咨询会"的小义工。到了后，我们就开始分工：有两名小记者当迎宾员，有三名小记者当接待员，有三名小记者当问好员，我和其他两个是带领员。这时，有一拨人走出了电梯，三名小记者问好后，那几位来宾走了过来，其中有两位大姐姐走到了签到处说："请问学校老师是在哪里签到？"我连忙指着签到表说："老师！老师！在这签。"于是，那个大姐姐签完了到，接着对着我说："谢谢你！小朋友！你知道不知道华侨大学的位置在哪？"我急忙打开展位分布图，迅速查找起来。"哦！"我用手指着图上华侨大学的位置，"在这！B15展位，我带你去吧！"我带姐姐经过中间的过道，再绕到左侧，指着桌上的华侨大学的旗帜说："这里就是。"姐姐微笑地向我道谢，我赶

---

① 发表在2017年8月21日《厦门晚报》。

忙说不客气。我后来又带领中国科学院大学、西安交通大学、重庆大学、北京邮电大学等的十几位来宾到他们的展位上。

这时，又一位阿姨问我 A1 主讲厅在哪。我把她送到了 A1 主讲厅，就回到了签到处。这时，我们的领队老师西瓜爸爸对我说："许宝莹，派你个任务！"我点了点头笑着说："可以啊！"于是西瓜爸爸带我到了广播室，"宝莹，你待会儿记得通知家长 10 点半到 A1 厅，有讲座"。我在心里默念了一遍，然后，我拿起了话筒通知道："10 点半在 A1 厅有个讲座，请要聆听讲座的家长前往 A1 厅。"西瓜爸爸拍拍我的肩膀说："不错！不错！有个样子。"我高兴地想：我们虽然人小，但还是可以帮上忙的。

今天，我在《厦门日报》都市新闻版还很自豪地看到了这段报道："福州外语外贸学院的袁老师说，让他们觉得不虚此行的还有小记者们从进大门到展会大厅的热情服务，让人感动，他们是今天一道亮丽的风景线。"

学校生活

在母校生活了 6 年，我喜欢这里，这里充满了快乐与美好。我在这里与同学们上课，我记录下来了同学们的每一张笑脸和老师们踢毽子、大家一起义卖自己画的环保袋、我们一起博饼、我们拍毕业照的画面，从陌生到熟悉，我们一起相互陪伴了 6 年，最舍不得的是我的调皮的同桌，我的好闺密，还有培育我们成长的老师。那熟悉的下课铃声在耳边回荡，想起我们风一般飞出教室的场景，那笑声响彻校园。

见梦：小记者鹭岛采访行>>>

"我们的嘉年华"——绘制环保布袋[①]

5月24日下午，滨东小学四年级段组织同学们一起参加学校"我们的嘉年华"艺术节活动——美化厦门文明城市，动手绘制环保布袋。

领好袋子，就开始了，大家要先用铅笔在帆布袋上打底稿，再用丙烯颜料和水按3∶1调成蜂蜜黏稠状上色。"画什么好呢？"我摸摸头，"要不画个标志？"我越想越高兴，于是，我拿起画笔，蘸了点红色的颜料，在袋子上勾了几笔，又蘸了点黄色，又换了根笔，沾了点绿色涂了上去，看起来果然更好看了，接着，我又粘了几片装饰就大功告成了。

我站了起来，刚想交袋子，看到了我同桌的画，是几棵树上亮着几朵闪闪发光的银片，中间是5个国家的英文字母。旁边周宸欣的画上还有只张开翅膀准备飞翔的白鹭；魏文栋的画上有一

---

① 发表在2017年5月31日《海西晨报》。

116

艘正在航行的帆船；有的同学还画了5个手拉手在跳舞的小朋友。看着大家忙碌的身影，我坐下了，认真在标志下增添几朵鲜艳的三角梅，总算满意了。大家你看看我的，我看看你的，纷纷议论"她画得不错哟！""你觉得我的怎么样啊？"看着自己的杰作，大家都开心地笑了。

  这次嘉年华艺术节动手绘制环保布袋活动以金砖会晤为主题，配合环保低碳出行，以共建文明厦门为理念，让大家发挥自己的聪明才智，在帆布袋上创意作画。大家为能为"金砖会晤"添砖加瓦而自豪。动手绘制环保布袋活动真是既有趣又很有意义！

绘制环保布袋（李爱华老师拍摄）

那张创意摆拍照[1]

听完孙荔老师的"创意摆拍"课后,早已跃跃欲试的小记者们来到南湖公园,分组进行摆拍。同学们真是激情四射、创意百出,有千手观音、睡罗汉、攀岩、爬树等各种招数。我们组该怎样才能拍出最美、最有创意的照片呢?

我和队员们一起寻找摆拍的好背景。"来!大伙儿!你们看那个楼梯口的构图不错,四周还有美丽的三角梅,而且这个角度拍还是逆光,拍出来一定有创意!"我用手指着远方的小房子说道。"我来!"余宸哲向那房子跑去,他小心地爬上楼梯,翻过栏杆,双手拉住杆子。我忙拿起相机,在镜头里看去,弧形的栏杆划过天空,有一种构图美,夕阳在逆光中有微黄色,天边还有一片白色,色彩很美;人在图中只有一个轮廓,很有朦胧的感觉。我一边随着光线的变化,一边不停地操作,盯着太阳慢慢下山的

---

[1] 发表在2017年2月23日《海峡生活报》。

那一瞬间,"咔嚓",终于捕捉到了光和影的完美组合,拍出了一张满意的照片。余宸哲跑过来看那照片,夸道:"姐姐,技术牛啊!"我开心地笑了。

回到学校,校长看见我的照片,摸摸我的头说:"不错!"我心里像开了朵甜蜜的花,无比高兴!这真是一张最得意的创意摆拍照!

见梦：小记者鹭岛采访行>>>

会放烟花的"滑滑梯"

　　你们看到过会放烟花的"滑滑梯"吗？就跟着"小小梦想家"组织的六一活动，走进科技馆"影火虫魔法乐园"吧！

　　进了展馆拐个弯，映入眼帘的是大家最喜欢的滑滑梯，可是，这个滑滑梯与众不同，滑滑梯上有一些花朵、水果等可爱的图案，在滑滑梯里跑来跑去，好像在和大家玩游戏捉迷藏呢！大家心驰神往，跃跃欲试，都想看看这滑梯到底是个怎么特别法，我们几个也对此产生了兴趣，怀着见证奇迹的心情一起坐上滑梯，陆续从上边滑了下来。这时，一阵变魔法发出的声音停留在我们的耳边，我们连忙低下头查看情况，让我们惊奇的是，被我们碰到的东西，竟然发出了耀眼的光芒，接着是一点红，一点绿，一点蓝，变幻莫测！我们惊讶地张大了嘴，有些小朋友激动得叫出了高八音"烟花烟花！"大家一哄而上，抱着期待的心情把滑滑梯围了个水泄不通。

会放烟花的滑滑梯是我见过最精彩的魔法了,这是最快乐的六一活动!这真是脚下鲜花盛开,头顶烟火绽放,我们的魔法旅程便由此开启!

体验蹦床运动

周末，我来到乐蹦中心体验蹦床运动！

这么多蹦床！有倾斜的、整齐的、大的、小的、高的、低的，我选了一处整齐的蹦床，随后，老师让我试着跳一跳，我想："跳哇？好简单啊！"我往后退了几步，向前一冲，开心地跳进蹦床。这个顽皮的蹦床，故意发出洪荒之力，把我弹得高高的，重重地摔进另一个蹦床。我摸摸脑门，"痛死我了！"老师摇摇头，"不会走路就要飞了！"我心里很惭愧，还是乖乖学吧！

接着，老师教我"蹦"的要领：双手叉腰，跳起来，在落"地"的时候，双脚并拢，手脚伸直，蹦床弹起你时，就站起来。我第一次玩，有点害怕，就闭着眼睛跳，却听见有人"哎哎哎"，原来我跳歪了！老师耐心对我说："不能闭眼！"第三次，我睁大眼睛，心里默念着老师教的要领，"哈！"我成功地跳过了蹦床！我又不断练习起这个动作，直到很熟练为止。

这时，老师说："不错啊！来，试试这个！"我瞬间被吓呆，10个蹦床，一面墙，老师似乎看懂了我的心思，于是，示范地向前跑去，迅速蹦过蹦床，来了个"空中漫步"，跳过了墙！然后对我说："你来试试！"我咬了咬嘴唇，向前冲去，跳过了10个蹦床，可我在墙下停止了脚步，望望两米高的墙，急出了一身冷汗，但我咬紧牙关，向下一蹲，"嗖"地"飞"起来，两只手抓住墙角，因为我手太滑，叽里咕噜滚了下来，眼看要摔个四脚朝天，却掉在下边的泡泡球池里，软软地弹了起来。

这次蹦床课真是太好玩了！

见梦：小记者鹭岛采访行>>>

舞台剧彩排首秀

1月11日下午，我和被老师选中的成员们一起去3楼排练舞台剧，我好兴奋啊！

来到3楼后，教师给我们分好了角色，我扮演路人，杰辰扮演老人，我们同一组。开始彩排，我和杰辰在规定的位置站好，导演手一挥，我们上台了。我一看下面坐着许多观众，心一惊，一直往前赶，竟然走太快了，一下跑到老人前面去了，大家都笑了。第一次彩排我才发现连走路都不是那么好表演啊！再来一次，导演一声"开始"，我们小步地向前走，走到台中央。杰辰可是三剑客表演团的表演高手！只见他动作模仿得栩栩如生，老人的声音也学得很像。轮到我表演了，我只觉得面红耳赤，全身冒汗，脑袋里拼命搜索台词，早已经把动作抛到九霄云外了。老师对我说："宝莹，你看见老人咳嗽的时候应该有些着急！这样才能演生动！"之后，老师给我演示了一遍，让我们再彩排一次，这次我总算找到了点感觉。于是,我轻轻地扶着杰辰,慢慢地走到中央,杰辰假装咳了几下,捂住嘴。这时我鼓足了劲,用着急的语调说:"老人家!怎么啦?"然后,我又轻轻地扶着他向前走,说:"别激动,慢慢来!"演完后,老师竖起大拇指说:"不错!挺好的!"我擦擦汗笑了。真是台上一分钟,台下十年功啊!

　　这就是我的第一次舞台剧彩排,我的舞台剧彩排首秀真是既紧张又难忘啊!

见梦：小记者鹭岛采访行>>>

欢乐的中秋博饼

"三红！对堂！状元！"伴随着大家欢乐的笑声，我们迎来了一年一度的中秋节，6个色子在碗中跳着，带给每个人不同的幸福与快乐，让大家收获不同的喜悦和美好。

"博饼啦！"迫不及待的我们个个摩拳擦掌，早已准备好了，发到碗和色子后，我们就开始了，色子声此起彼伏，现场一片欢歌笑语。"一秀，三红，四进！"分别在同学们的手中诞生，很快就轮到我了，我咬了咬嘴唇，用双手搓了搓色子，小声说了一句："四进！一定要！"说完，我将色子丢进了碗里，随之，我听到同学们尖叫道"状元啊！"我睁大了眼睛，"五个四带一"，没搞错吧！是不是因为刚才我在肖可家拿了一下他们家的状元笔，所以……我还没回过神哪！可没过多久，郭文泽竟然博到了最大的状元——状元插金花，我想：他呀肯定是摸了更大的状元笔的。我不甘示弱，继续博，哈哈！又博到了一个对堂。大家都博出了好运气，像籽钰，博了好几本本子，她说今年都不用买本子了，而文泽博到了大状元，拿着红包正激动万分，当然，我也博了个水壶，是我很喜欢的粉色。大家都开心极了！

  博饼给中秋节带来了无限的欢乐，因为大家都博到了自己想要的礼品，大家都博出了无限的快乐！

见梦：小记者鹭岛采访行>>>

最拉风的新闻发布会

　　我，身为新闻发布会的主角，许董事长，扛起了重大的责任，要把这一场新闻发布会办得热闹、拉风，是很不容易的一件事。

　　要让大家笑起来，必须办得精彩，不能有错误。首先，公司名字和公司口号要霸气、吸引人。公司出售的东西要奇特，当然，也要有互动环节，讲解要风趣。经过大家的讨论，我们公司的名字就是"社会茶"啦，我们的口号便是"茶之最，社会茶"。我们公司出售两种独一无二的茶，一个是单身狗茶，一个是社会茶。单身狗茶，喝了会有两种效果，一是全身变绿，二是头上长花，果然，全场爆笑，社会茶喝一口活到99，原价9.9，现在只要9毛9，而且喝完在衣服上会出现一只小猪佩奇。忍不住，我们也笑喷了。接着，我和大家分享了我们公司的月销量与制作材料以及味道。单身狗茶预计1000瓶，社会茶预计1500瓶（有点编过头啦），材料主要有可食用色素、人参、葡萄糖等。单身狗茶的味道涩涩的，社会茶的味道不一样，充满了社会的味道！全场又笑翻了。

看来，这场拉风新闻发布会办得还算蛮成功的啦！希望我们的茶能够卖出去。

见梦：小记者鹭岛采访行>>>

欢乐的毽子游戏[1]

"丁零零"，下课了，我带着队伍走出校门，籽钰跑过来，说："我看见一群老师和校长在玩游戏，李老师也在！"

我放下书包和籽钰跑到国旗下，一看，"哇！"有两队老师，一队踢毽子，一队扔球。我打听了一下，哦！游戏规则是：一个人踢给另一个人毽子，没接住罚10个俯卧撑！如果毽子落到中间，那毽子离谁近，就罚谁！

李老师也在里面，这时一个毽子飞过来，哎呀！李老师没接住，让毽子掉下去了。呵！李老师要被罚了！我既有点担心，又有点紧张，全身冒汗。看见籽钰的帽子，"借用一下帽子！伙计。"我把籽钰的帽子拉过来，遮住脸，露出半只眼睛，只见李老师趴下来，双手撑地，"一呀！"我小声叫着。"加油！"李老师刚抬起身。"扑通"又趴下去了。"李老师，你的胳膊也太细弱了

---

[1] 刊登在4月19日的《海西晨报》。

吧！"我悄悄说，把帽子松开，这时，才发现籽钰身体已被我拉得东歪西倒了。"呵呵！对不起了，伙计！"正当我看得津津有味，忽然，一只毽子飞了过来，直直掉在我跟前，吓得我的魂都差点飞了，幸好毽子落地前被救了起来有惊无险。

最搞笑的是体育老师！毽子落在他身上，要他接受惩罚，哈哈！平时威风凛凛的体育老师被罚该多么狼狈啊！还有一位老师是踢毽子高手，别人趁他聊天时偷袭，只见一只毽子飞快地飞过去，打在他肩上，高手猛地一回头，可毽子早掉下去了，眼看就要落地，高手抬起脚后跟，一勾一踢，毽子又飞了回去，大家都夸"好脚法！"

"丁零零！"清校了，我也该回家了！下次再来，等着我哦！

家庭陪伴

我在家里也拥有满满的爱，有着"口水机"妈妈，也有"呆萌呆萌"的老爸。还记得我第一次上台演讲他们在下边的鼓励；还记得煮大锅饭时我们的团结；还记得第一次缝布时他们的帮助。记得鼓励我写文章的第一人就是我的妈妈，她将我的习作投稿，这样，我就有了第一篇发表的作品，才有了现在的我。他们带我参加活动，让我长了见识，开阔了眼界，才有了现在自信的我！

爸爸妈妈和我（启明星摄影拍摄）

一起出力，做大锅饭

4月29日，我和爸爸、妈妈参加了《厦门晚报》和北辰山景区共同主办的"同安封肉节"亲子厨艺大比拼活动，来自不同家庭的11个人临时组成了第三小组，而且我们要煮的可是大锅饭呢！

来到山上，我看到了那口大锅，足够装得下三只小猪，而且那个灶口像个小窗户，在里面燃烧的火，就像是篝火。大家系上围裙，忙活开了。两个老奶奶，一个切菜，一个煮饭，奶奶炒菜炒得满头大汗，大粒大粒的汗珠从头上流过，滴在衣服上，可那位奶奶却不理睬，依然辛苦地把着勺；游越妈妈仔细地洗着菜，洗菜可费劲了，每一根都要挑拣清楚；我爸爸不停地把柴送进灶口，手上都磨出了小包包，那活可不好干，一旦烧到手可是很痛的！游越来回奔波着往山上跑，帮我爸爸捡柴。诗祺小心翼翼地把鸡蛋壳里的蛋黄放进碗里搅，我把刚出炉的那香喷喷的饭菜端到饭桌上。经过我们的共同努力，终于煮了满满一桌色香味俱全的饭菜，辛苦了一阵的大家，看着那亲手做的满桌饭菜，大家都笑了，有炒米粉、煎豆腐、青椒炒肉、丸子汤、糖醋鱼……哇！太丰盛了！

　　全组共 11 人，3 个妈妈洗菜，爸爸负责烧火，叔叔搬桌子，男孩们捡柴，女孩们做帮厨，两位奶奶掌勺，各司其职，各尽所能，缺一不可，这可是大家团结协作的结果啊！我们的手艺还拿了三等奖，获得了一个抱枕！我把抱枕捧给我们这组最年长最辛苦的老奶奶，老奶奶执意要把抱枕给我，慈爱地看着我说："小丫头，给我端菜递水帮了我很多忙哩！"妈妈给老奶奶碗里夹上一块大蛋糕说："奶奶好疼小孩啊！"我抱着软软的抱枕心里暖洋洋的，我们真是相亲相爱的一家人！

叶落，才知情深[①]

我慢慢地走在迷人的秋天里，转过弯，我就被眼前的事物惊呆了。

在我眼前，一条铺满枫叶的道路，两旁是长满枫叶的树，我抬头看那些枫树，树上的枫叶真是千姿百态！大的，小的，红的，黄的，还有一些枫叶红中带着点绿色。太好看了！我向前走去，脚轻轻地踏上枫叶，枫叶发出轻微的"沙沙"的声音。我低下头拿起一片枫叶，它软软的，红红的，在枫叶最靠顶尖的地方，特别红，颜色绚丽可爱。枫叶呈美丽的五角，每个角又由五角组成，叶上的纹理就像一棵美丽的树，真是无比精致。

我捧起一些枫叶，向上一抛，枫叶像蝴蝶似的飞起，枫叶们落下了，有的在我头上成为亮丽的装饰；有的在衣服上停下休息；还有的落在我脚上，好像是和我一起捉迷藏。我轻轻一跳，叶蝴

[①] 刊登在 2017 年 2 月 16 日《海峡生活报》。

蝶们就全飘落了。我又捧起一把枫叶，旋转起来，枫叶在我身边翩翩起舞，我觉得自己就像是花仙子，陶醉在这迷人的秋色中。

今天，我很欢喜，那些枫叶们真是太引人注目了！我喜欢美丽的枫叶，我喜欢迷人的秋天！树下一群小朋友正在作画，我也急忙拿起画笔画下心中最美的秋天！

马銮湾攀岩记 ①

五一节，我们一家去马銮湾游玩。到了马銮湾，我一眼望去，看见一个男孩抓着绳子，正在往墙上爬。我走近一看，"哦！原来他在攀岩啊！"想不到这儿还有攀岩玩！

我太想体验了，于是我拉着妈妈的手，跑去买票。买完了票，我迫不及待地跑去攀岩，工作人员检了票，给我系好安全带，绑好绳子，对我说："小妹妹，你可以爬了！"我拉拉绳子，跳了跳，很结实嘛！我放下绳子，用右手抓住最右边的那块石头，左手抓住另一块石头，一只脚踩上第一块石头，另一只脚一跳，踏上了另一块石块。然后，用左手攀上更上方的一块石块，刚想把左脚抬起来的时候，脚忽然滑了一下，我整个人往后倒。我以为要掉下去了，还好没有，绳子把我拉住了，我忙眼疾手快地抓住了一块突出的石块，"哎哟！"我吓出一身冷汗，我一直想哭，可

---

① 发表在 2016 年 7 月 12 日《海西晨报》。

我忍住了，接着，我吸了口气，继续向上爬，又爬了几步后，我歇了下来，我低头喘了口气，往下看了看，"啊啊啊！好高啊！"我吓得脚都软了，大叫"妈妈！"妈妈在下面对我叫道："不要往下看！继续爬！加油！快到顶了！"我听妈妈这么一说，鼓起勇气，可我刚慢慢地抬起右脚，又立刻缩了回去，妈妈鼓励我说："加油！加油！你一定行的！坚持到底就是胜利！"我咽了口唾沫，伸出我的右手用力攀上了更高的一块石头，又一次抬起我的脚踩上更高一级石头。就这样在妈妈的鼓励下，我爬得越来越高，最后，我爬到了最高处，把脚一蹬，降了下来，降到了最低处。工作人员把绳子解开，我脱下安全服，跑到妈妈身边问："妈，我爬得怎样？"妈妈微笑地点点头说："不错！不错！很厉害！"

美妙的海底餐厅

国庆节,我们一家三口一起去环岛路荣誉酒店吃饭。走进餐厅,发现餐厅的四壁和正中央竟然是透明的玻璃鱼缸,鱼缸里,到处都是小鱼和大鱼,像是海底世界,特别让我诧异的是我看见了一条很奇怪的鱼!头像猪的头,长着蝙蝠的翅膀,熊的耳朵,"呵呵,还有这样的鱼!它真是所有鱼中最萌的一条了!"

我们经过餐厅的吧台,一个服务员正在现场制作冷饮,只见他拿起一个杯子,装了一点红豆,加了点牛奶,取了些冰块,放进一个玻璃瓶,用力摇成冰水后,倒进杯子,最后盖上盖子。我的心都看得冰爽起来了,再转过头看到一排排的餐盘,我兴奋得不得了!"火腿肠!三文鱼!大螃蟹!小龙虾……"我真想马上吃到那美食!服务员带领我们在大鱼缸旁的座位坐下并说:"请用餐!"我等不及了!冲上去,这瞧瞧,那瞧瞧,不一会儿,拿来了一盘小龙虾。正当我津津有味地吃着美味的龙虾时,一条美人鱼从水中游过,"哎哟!美人鱼!"我站起来,开始欣赏美人鱼跳芭蕾。首先,美人鱼翻了个跟斗,然后和她的伙伴一起做了个高难度的动作,往后连续翻了好几个跟斗,再向下游,转了几圈,接着劈了个横叉游走了,穿着美人鱼尾巴表演,脚不能动,身体还能轻松而自如地表演,真是棒极了!

这样的海底餐厅真是太美妙了,我情不自禁发出由衷的赞叹。

超萌老爸[1]

  我的爸爸，在厦门高崎国际机场上班，从事高科技工作，戴着一副眼镜，从外表看过去，斯斯文文，安安静静。只是你不知道，他有多么呆萌多么可爱：到了植物园门口检票，拿出了银行卡；要粘鞋缝，却粘住了白纸……他就是我的超萌老爸！

  星期三，我正在书房里写数学作业，忽然一道难题难住了我："以下哪几个年份是闰年？"这题怎么写啊？我把妈妈叫进房间里，让她帮我完成这道题，可妈妈头摇得像拨浪鼓，"这个我也不会"。"怎么办？""有啦！还是让你的爸爸——浙大高才生闪亮登场吧！"于是我又连忙把爸爸拉进房间里，让他帮我解答这道数学题。爸爸先心不在焉地瞄了一眼我的作业，不以为意地说："啊呀！这个太简单啦！"我满怀期待地看着爸爸问道："那么这题怎么写呢？"爸爸这下才又仔细看了看作业，一拍脑门，说：

---

[1] 发表在2016年6月14日《海西晨报》和2016年6月17日《厦门广播电视报》。

"这个嘛！让我想一想啊！"爸爸假装在想题，其实是在发呆，过了老半天，我等不下去了，在爸爸耳边大叫一声："老爸！想好了吗？"爸爸这才反应过来："哦！这个嘛！我用手机查一下啊！"这一听，我晕了。真是超萌老爸！

上次，我发烧，身体很不舒服，躺在妈妈怀里，妈妈很心疼，爸爸却说："没关系！发烧就是长高！像火箭一样！点了火，才能发射，越飞越高！"我一听吓坏了，跳出妈妈的怀里，激动地大喊："妈妈！妈妈！我是不是头上也着火了。"妈妈气晕了。"嗨！你这个老爸。"

我的老爸，在业余时间都会陪我去旅游，去运动。虽然在他想问题时显得有点呆头呆脑，笨手笨脚，但是，他其实是数学奥赛冠军，而且还是国家二级运动员呢！呵呵！你能相信吗？

来自热身赛的挑战[1]

  3月28日下午,《厦门日报》教育主编雪儿老师,在滨东小学小记者课堂,宣布启动旨在"传诵中华母语经典,展示华语语言魅力"的"华语风采大赛暨首届小记者征文大赛",滨东分赛区率先进行。滨东小学吴玉琼副校长简要介绍了赛事,包括赛事的举办单位、赛事的分类、征文的主题。征文的主题是"成长",参赛作品要求通俗易懂,围绕主题要求,突出思想道德内涵,体现积极向上、健康活泼、欢乐和谐、稳定鼓劲的价值取向。吴校长进一步分析道:"某个特别的时间和地点的成长感受,就可以记录下来,要有真实生动的事例,还要说出它带给你的成长感受。参赛作品要体现正能量。"华语风采大赛的项目有口才类、文采类、书画类、艺术类。小记者征文大赛属于华语风采大赛其中的一部分。

---

[1] 发表在2017年4月14日《厦门日报》。

紧接着，滨东的日报小记者们进行了现场热身赛——40分钟时间完成600字文章！这可真是个大挑战！大家经历了从刚听到时的议论纷纷、大惊失色到进入状态后的安静凝神、奋笔疾书。令我不可思议的是，我竟然在规定时间内完成了一篇作文，这种训练真的让我受益匪浅。最后，雪儿老师用一首优美的诗给我们做了一个完美的总结：成长是一场必经的苦旅，就像剥洋葱一样，那些曾经经历过的，或喜，或乐，或悲，或痛，甚至连同磨难一起都成了一条条清晰的纹理，印记在我们心头。

开启精彩生活模式①

我第一次登上《厦门晚报》是在6年前,当时《厦门晚报》刊出了我很小时候的雷人语录和5岁时的照片,作为美好童年的记录,妈妈一直珍藏着。从此以后,我就和《厦门晚报》结下不解之缘。

我记得是2016年8月8日,我的习作第一次在《厦门晚报》小记者版发表,题为《在泰国骑大象》。文章能发表在《厦门晚报》上,我一蹦三尺高,高兴坏了,我激动万分、逐字逐句地看着报纸上已经变身铅字的习作。我发现编辑老师非常细心地修改了一些用词不准确的地方,连标点都改得很仔细。编辑老师的严谨让我明白以后写文章要多修改,才会越写越棒!

作为《厦门晚报》小记者,我后来参加了晚报组织的许多小记者活动。暑假时晚报组织"扬帆再起航"画画采风大赛,牙牙

---

① 发表在2017年1月9日《厦门晚报》。

145

姐带领我们参观了厦门国际邮轮母港，现场采风画下心中美丽的厦门。湖里建区35周年庆典时，我们的画还在特区纪念馆展出，我为能为特区建设出力而骄傲。8月27日，我参加了"垃圾不落地，琴岛更美丽"鼓浪屿申遗活动，林珊姐姐带领我们，给每个游客发放宣传资料，并随机采访。我在采访中碰到了一些挫折，但我最后战胜困难，胜利完成任务，在历练中得到成长，我也为自己能助力申遗而自豪。

9月18日，我们小记者加入莫拉蒂台风过后的义工活动中，我深刻体会到厦门人民的乐观坚强；翔安澳头采风活动，让我感受到澳头女民兵的英勇风采；鹭江街道美食体验之旅，让我感受到闽南传统文化的丰富多彩。

参加厦门晚报小记者团，我开启了精彩的生活模式：不但社会实践能力得到锻炼，而且写作能力也不断得到提升，我采访的报道也多次在《厦门晚报》上发表。我想说：《厦门晚报》，谢谢您！

03

第三篇章

| 追梦人　砺砺行 |

卷首语

红领巾

红领巾飘飘飘,

那是国旗的一角。

万人心血印在上,

智慧勇气刻在上,

多么鲜艳,多么耀眼。

红领巾飘飘飘,

那是最美好的荣誉。

激励前进的标志。

在少先队歌声中

多宏伟,多壮观。

红领巾,在我们胸膛前飞舞。

那鲜艳的红,

见梦：小记者鹭岛采访行>>>

革命烈士的鲜血

永远牢记我们的心上。

红领巾飘飘飘，

记载着革命烈士的精神，

在新时代

带领我们成长。

许宝莹

2019年.6月

演绎多彩的人生[①]

这周一下午，我们前往小白鹭金荣剧场观看思明区第22届"鹭岛花朵"优秀节目展演。活动在一曲扣人心弦的管弦乐合奏——《迪士尼音乐会》的美妙乐曲中拉开了序幕，场下观众屏息静气，一起享受着一场艺术大餐，感受思明学子多才多艺、健康向上的美好形象。

你瞧！大同小学的同学们表演的《初桃》，让人耳目一新，演员们装扮到位，别出心裁的独角辫，粉嫩和淡绿的服装，手拿檀香扇，眉间一点红，仿佛一个个刚长出来的桃精灵。滨东小学的孩子们带来的金奖节目《莲叶何田田》让人赞叹不已，一池荷叶在风中摇曳，原来那是身着荷叶裙摆的演员们躲藏在后，用她们深厚的舞蹈功底造出来的效果。她们不时探头，不时挥手，窈窕的身姿舞动着，秀出一池的优美，当她们化身为莲花姑娘飘逸

[①] 发表在2017年6月9日《厦门日报》。

旋转时，惊艳了全场。而身着金色鲤鱼服的演员扮成的小鲤鱼，更是活灵活现，栩栩如生，他们在荷花池里欢腾雀跃，欢游嬉戏，如同真的小鱼儿一般可爱。金鸡亭小学带来的《今天我当路队长》活泼风趣，宣传了文明出行的理念。而厦门第二实验小学带来的《春分初绿》古典飘飘的长袖，把京剧的元素演活了。印象深刻的还有民力第二小学的同学带来的校园短剧《一篇作文》，它告诉我们"诚实守信，不撒谎"的道理。节目个个精彩，令人目不暇接，真是一场视觉盛宴！

我采访了几个演员，询问她们参加这次活动的感受。一位小姐姐告诉我："上台比赛和表演过几次，但这次是一次新的体验！参加表演能展示自己平时训练的成绩，这样的活动很有意义！"

澳头哨所女民兵[1]

上周六,我们晚报小记者一行 40 人来到翔安澳头采访。走过纪念封疆大员清正廉洁的双清桥,经过归侨盖的有新加坡异国风貌的我素庐,穿过有美丽传说的双狮巷,看过历史悠久的妈祖神庙,我们来到了一座海边的楼房前,大门上写着"澳头民兵哨所"。

走进哨所后,我看到门口站着两位英姿飒爽的女民兵!她们挺拔着身子,笔直地站在那,一个女民兵走过来,介绍了"澳头民兵哨所"的历史:澳头民兵哨所组建于 1950 年,刚开始称为"自卫队",1952 年改称"民兵大队",1960 年称为"民兵营",1992 年改为女子民兵哨所。

接着带领我们参观哨所,先是办公室和食堂,后来是住的地方。我注意到,她们的住宿很简陋,每张床上,一床被子方方正

---

[1] 刊登在 2016 年 11 月 21 日《厦门晚报》。

正，一个枕头整整齐齐。接着我们参观了她们的装备室，有头盔、弹药、枪支、望远镜。"是真的枪呀！帅呆了！"小记者们不禁大呼小叫起来。最后我们到了楼顶，这里可以瞭望整个海面，前方波涛万顷，各种各样的船，大的、小的，尽收眼底。楼顶上还有两个大喇叭，这是在过去的年代，有危险的时候，可以通知全村的设备。在这一刻我仿佛回到了战争年代，女民兵告诉我们：服从命令、努力学习、参军参战、不怕牺牲、永不背叛祖国，这是民兵誓言！

澳头哨所的女民兵，真是一道亮丽的风景线。

我们班的劳动委员①

她的外貌出众，有着乌黑发亮的头发，炯炯有神的大眼睛。她就是郭欣，这次当上了我们班本届的劳动委员！被她帮助过的同学们都报以热烈的掌声，在全班的欢呼声中，她登上了讲台……

我的记忆被拉回到了过去，记得有一次，我们班刚刚上完体育课，一位同学因为体力不足，一下子吐了，臭味迎面扑来。同学们一个个捂着鼻子，皱着眉头，往还没被臭味占领的空地奔去，大家都在跑，只有郭欣一人头也不回地狂奔进了教室。大家见她这副模样，议论纷纷："有臭味，来到有新鲜空气的空地就好了，有必要躲进教室吗？"不一会儿，她拿着扫把和畚斗出来了，大家更是迷惑不解。这时，臭味更重了，同学们连忙撒开脚步，跑到更远的地方，然后，好奇地目不转睛地盯着郭欣，只见她跑到沙

---

① 发表在 2018 年 5 月 8 日《海西晨报》。

坑那里，用畚斗装了一些沙子，又飞奔到那个同学的身边，大家连忙大喊："别过去！臭！"可是她没有理会，只是忙着把沙子盖到吐出来的食物上，然后扫起来。臭味顿时少了许多，同学们回到集合的队伍里，看着郭欣扶着那位同学离去的背影，心里感到有几分愧疚。

这样的事情，可爱的她做过不少了，她的所作所为，同学们都牢牢记着，就是凭着她这颗善良的心，才会赢得同学们的肯定，一起推荐助人为乐的她为劳动委员。

修车师傅[①]

这世界上有一种尽职尽责、默默奉献的人,他们虽然很辛苦,可是心中却有爱;他们虽然不是很有钱,可是很诚实;他们虽然很平凡,却是最可爱的人。

那天,妈妈骑车带我去上课,刚出了小区门没多远,只听"啪"的一声,轮胎坏了。妈妈下了车,看了看轮胎,叹了口气:"真糟糕,车胎爆了,换胎又得花80块钱!"我们一起把车抬到离这不远的一家修车店,把车交给师傅,就赶忙上课去了。下午放学了,我和妈妈来到小店取车,妈妈给我80元,让我去交钱。师傅看到我,笑着推出我的车,看着他满脸灰,双手黑乎乎的,光着脚,穿着看不清底色的又脏又油的衣服,再加上扑鼻而来一阵汗臭味,我真受不了。我有点嫌弃,真想快点离开这儿,于是我把80元钱塞给他,转头正要走,师傅叫住了我:"小朋友,这

[①] 发表在《厦门晚报》、2018年7月3日《海西晨报》。

车没什么大问题，只是换了一个车胎橡皮开关，只需2元钱！"然后把剩下的钱还给了我。我怔住了，看着满头大汗的他，喉咙像粘了块口香糖，说不出话来，"这，这！"修车的时候，我们并不在，如果他说换了胎，收我们80元，我们也不会有异议啊！我低头看着钱，觉得这钱有着一种不可侵犯的威严，我的心也暖暖的，被他这束诚信之光照亮。

望着他远去的背影，我笑了，我明白，不能以貌取人，要看品质，在我眼里他一点也不脏，而是光芒四射，世界正是有了他们而更美丽！

一位特殊的读者[①]

在读者节正式开幕后,我瞅见了主席台边上的一个活动区,有一个老外,他那帽子上的五角星徽章特别醒目,他戴着眼镜,正在吹气球,然后,低着头双手不停扭转气球,把长长的气球扭成各种动物,很受孩子们的欢迎。

一个外国人如此了解中国文化,我很好奇。于是,我走上去很有礼貌地打招呼:"Hi. My name is Kitty. Where are you from?"老外说:"Nice to meet you. My name is Keith Richardson. I'm from England."我顿时激动起来,暑假我刚刚随日报小记者团去英国游学回来。"Wow! I've been to England."他亲切地问我:"那你参观过哪些地方?"我说:"印象最深刻的是大本钟。"他说:"大本钟已经关了。"我说:"我去的时候还开着,我一回来它就关了。"我和他都笑了。

[①] 发表在 2017 年 11 月 3 日《厦门日报》。

见梦：小记者鹭岛采访行>>>

　　就这样，理查森先生打开了话匣子，他告诉我他曾经在四川待过两年，四川太冷了，他喜欢厦门，在厦门已经待了五年了。他是《厦门日报》周刊的热心读者，曾经做过双语周刊的临时校对，现在理工大学教英语。今天，为了庆祝《厦门日报》读者节，他特地从集美赶过来，还带来了一大袋的气球和自己做了一整夜的糕点。蛋糕是用鸡蛋、面粉、糖、巧克力豆等做成的。我又吃到了在英国时吃的那个味道，很感动！

　　一位热爱厦门，热爱《厦门日报》，热爱《厦门日报》读者节的英国人！真是一位特殊的读者！他让我看到了中西文化的交流，也让我感受到我们厦门的魅力。

一位特殊的读者——双语周刊的临时校对理查森先生

（许宝莹妈妈拍摄）

战风斗雨海洋人[1]

10月22日,我们向日葵小记者探访了厦门渔业安全展馆。上午,我们驱车来到了位于厦门岛西北角的高崎闽台中心渔港,岸边停泊着许多桅杆很高的大渔船,岸上有一座三层高的平顶楼房,门上写着"避险中心"。我跨进二楼大展厅,立刻被"战风斗雨海洋人"几个蓝色大字所震撼。厦门是如何抗台减灾的?

高崎闽台中心渔港是全市防台风的前沿主阵地,台风来临之际,首先是"驻港",如何科学合理利用港池水域,保障每一艘来港避风的渔船和客渡船能有"容身之所",这对驻港疏导人员来说是一项极具挑战的任务。这其中涉及不同船只进驻顺序、安全间距安排、客渔船区域划分等诸多事项。其次是"撤离",就是实施船上人员的撤离工作,船舷墙大概1米来高,一排渔船几十艘,一路劝离下来,就得翻几十面这样高的墙,这活可不轻松。

---

[1] 发表在2017年10月25日《海西晨报》。

最后是"扫海",就是为确保"不漏一船""不漏一人",对辖区进行地毯式排查,海域组乘执法艇沿各自辖区以扫海的形式,对海上船舶避风情况进行逐一检查。

2016年台风"莫兰蒂"袭厦,厦门海洋人以大无畏的精神扛住了超强台风的考验,展现出敢为人先、包容奉献的厦门海洋人新形象,真可谓厦门海洋卫士和鹭岛守护者。

学好数学，原来如此简单！[1]

有些同学可能觉得数学十分难，需要列公式、计算，还得思考与检查。怎么考高分呢？我们就来听听我们第一批向日葵小记者团员——今年高考数学单科满分的梁馨心学姐的解答。

今天，在青少年宫15楼多功能厅教室，座无虚席，百余名向日葵小记者和家长们聚集一堂，2018年向日葵小记者中、高考经验交流会在这里举行。台上学霸们侃侃而谈。我特别关注梁馨心学姐分享的观点。她说学好数学需要做到5步：第一，平时多做题，但不可以盲目地做，错的地方需要改正，这样，才能提升自己。第二，不会的题目不要马上问，需要花时间思考，思考过后，这道题在脑子里印象会更加深刻。如果有不清楚的地方，思考过后不会，一定要找老师问个清楚。第三，做作业时要聚精会神，不管是考试还是做提纲，都要细心做题，看完题目不要匆匆下笔，

---

[1] 发表在2018年7月24日《海西晨报》。

需要三思而后行。第四，要保持良好的心态，不要因为什么题目不会就失去了做后边题目的信心。第五，要认真总结，贴错题本，进行归纳，遵循原理，找类似的题型再练习即可。

其实，我认真想一想，这些并不是很难呢！只要我们认真对待一定可以做到！

一场文化盛宴

10月28日,在白鹭洲举行了《厦门日报》读者节,现场热闹非凡,人山人海。各种各样的活动、香甜可口的美食、琳琅满目的物品,迎来了大家的掌声和欢呼声,在这美好的第17届读者节中,我们收获了喜悦,留下了祝福。

读者节最有特色的是浓郁的文化气息,我采访了"厦门日报十佳读者"中最小的获奖者,他是来自厦门莲花小学四年级(3)班的蔡北辰小朋友,他告诉我"自己从小就喜欢读书看报"。小小年纪就养成阅读的习惯,很有文化素养,让我肃然起敬,我要努力向他学习。我还采访了著名作家南宋老师,他告诉我:"像你们这么大的孩子,阅读书籍要先从文字优美、通俗易懂的文章看起,比如,汪曾祺的小说,史铁生的文章,也可以看看沈从文的《边城》。"见识了文化大家们的魅力与风采后,好书也不容错过,南宋老师给我签售了他的新书《文化的盛宴》,书中有"李敖的能言善辩，金庸的沉稳老到……"让我爱不释手！

《厦门日报》读者节是一场无与伦比的文化盛宴，给广大市民读者提供了无比丰富的精神大餐！我明年还来！

（采访作家南宋老师）　　许宝莹妈妈拍摄

走近哈佛女孩[①]

厦门六中的胡心芯姐姐,竟然考上了哈佛大学!一件多么不可思议的事情。她一定是从一年级就开始学方程!她一定在幼儿园就会写汉字!她一定是神童!其实,这都不是……

在胡姐姐"蜗牛间的对话"讲座上,我才知道她也不是天才,从小学四年级才开始报兴趣班,而且也没有熬夜研究什么的,她只是努力学习,写作业家长也没有陪,每天6点起床,似乎和大家一样。有些家长分享自己理念,当自己的孩子考完,不管考得不好还是考得好,只要尽力了,自己也不会责怪孩子。姐姐反对这个观点,她笑了笑,说,"尽力,怎么尽力,我们永远无法知道自己力的尽头"!如果看看试卷,有些粗心大意做错的题目,这就不叫尽力。姐姐自己回忆着,曾经有一次考砸了,她虽然很沮丧,但她没有气馁,认认真真把错题都过了一遍,一个一个地

[①] 发表在2018年8月25日《厦门日报》、2018年9月17日《厦门晚报》。

突破知识点。姐姐还对家长们提出了一个建议,"各位爸爸妈妈,你们作为父母,想要让孩子们提高成绩,不能买一大堆练习丢给孩子,自己去做其他的,要想收获也得付出,要针对孩子的问题提出切实可行的方案!报兴趣补习班也要看孩子愿不愿意,不要逼,要孩子自己愿意认真学!"

胡姐姐说:"每个人都有可能因为努力和信心的加持,变成那只爬上金字塔顶的蜗牛。"她认为,自己正是如此,靠着努力一步一个脚印,不断前行。姐姐的分享实在太有用了,我们都受益匪浅,收获满满。

源于心灵深处的热爱[①]

第4届鹭岛小小书画家风采秀比赛中一等奖的两名获得者之一——槟榔小学三年级（2）班的陈锦豪同学，他的画作《立交桥》在几千份作品中脱颖而出，荣登榜首。他到底有什么"画林秘诀"呢？非常喜欢画画的我很迫切想找到答案，而这次读书节我有幸采访到了这位"画林高手"。

"你好，我是晚报小记者，我能对你进行一次采访吗？""可以！""请问你为什么喜欢画画？""画画很有趣。""怎样有趣呢？""可以画出不一样的东西。""这次比赛你为什么想要画立交桥？""因为这是厦门的桥。""评委老师说这幅画，色彩很棒，你是怎么构思色彩的？""就是按自己心中喜欢的样子构思色彩的。""你学画画几年啦？""大概五六年了。""在画画的过程中，你有没有觉得累的时候？""没有，一点都不累！"

[①] 刊登在2016年11月7日的《厦门晚报》。

见梦：小记者鹭岛采访行>>>

　　他的妈妈告诉我，锦豪很小的时候就很爱画画，一岁多时便爱涂鸦，她便拿挂历纸给他画，画过的挂历纸可以堆成一座小山。上幼儿园中班时，老师说他画画画得挺好的，建议他去学画画。于是，就送他去厦门奇艺画院学画画，后来陆陆续续参加了一些比赛，前前后后一共获得十几个奖项。只要是画画的活动，无论多早、多久，他都起得来、坐得住。记得去年厦门国际马拉松比赛，6点多要到现场作画，结果他5点多就一骨碌爬起来，一点都不像平时那样赖着床叫不醒，那次比赛他获得了三等奖。

　　我真想说："成功应该源于他心灵深处对画画的热爱。"

模特秀

——记"喜梦宝杯"第四届文明小博客
"中国梦·童星"模特复赛

6月18日这天,在"吉家家世界"举行了"喜梦宝杯"第四届文明小博客"中国梦·童星"模特和声乐专场复赛。我们一家三口去参加了模特秀活动,我是小记者。一到比赛现场,我就听到远处有人在欢呼鼓掌,我走近一看,啊!就是这里了!几个小姑娘正在T台上准备着要走台步呢!我拿起记者证挂在脖子上,向舞台跑去。

主持人走上了台,她穿着雪白雪白的裙子,拿着话筒微笑地和大家打招呼说:"大家早上好!欢迎参加我们的模特秀活动!"说完后,4个穿着漂亮又整齐的姑娘走上了台,还有一个男生。1号,他是个帅哥,穿着整齐的礼服,戴着墨镜,酷极了!2号,穿着红色的公主长裙,美啊!3号,她准备得可充分啦,手里还拿着一把漂亮的小伞!4号,穿得也很美丽!5号,那绿色的羽毛裙，垂到了脚下，好羡慕哦！……每套服装颜色搭配鲜艳，款式各异，真是美不胜收！晚礼服版的音乐响起，开始走秀了。小模特们抬头挺胸，踏着节奏，或优雅或洒脱，自信满满步入红地毯，走了几步摆了个造型，又走几步再摆个造型，再转过身又摆个造型，真是令人目不暇接，叹为观止！

经过激烈的角逐，终于诞生了十佳模特，我对其中的一位——7号选手进行了采访，他表示很高兴获得这个荣誉。最后我还采访了喜梦宝的总监，他表示很高兴能承办这次比赛，有机会为小朋友们提供展示自我的舞台。

采访喜梦宝的总监（许宝莹妈妈拍摄）

文学的翅膀是这样飞翔的

——采访鼓浪屿本土著名儿童文学作家
李秋沅和她 84 岁的老师

你们看,多么难得的一次机会!我采访到了李秋沅老师和她的老师!

来到读书节活动中,我直奔向李秋沅老师。她穿着黑色连衣裙,垂着头发,穿着黄色高跟鞋,看起来神采飞扬。可是她刚才还在签名售书点,怎么一转眼就不见了?我转过身,在茫茫人海中急切地寻找,惊喜地发现她在不远处接电话,我心想,"李老师!我一定要采访到您!"于是,我一路紧追不舍,追着追着,"咦?"李老师怎么走到了一个年龄很大、满头银发的老奶奶旁边,两人紧紧地拥抱在一起,老奶奶还流下眼泪,李老师用手擦去她眼角的眼泪。"原来是李老师的老师!"我被深深地感动了。然后,她们两人坐下,开始聊天,我也凑了过去。

李老师的老师虽然已经是84岁高龄，但依然精神矍铄，她口齿清晰地告诉我："我这个学生善于思考，善于观察最细微的东西，一朵人们不很注意的花，她就写这朵花。"我想：怪不得李秋沅老师的《天使的歌唱》写得那么细腻动人！李老师的老师又说："还有很重要的一点：最后的成功在于自己的毅力。"李秋沅老师点头赞同，并接过话头说："我出第一本书的时候是人民文学出版社给我出的，我那个编辑是《哈利·波特》的责编，他对我讲：写文章谁都能写，但是最后谁留下来谁就成功了。"我恍然大悟：坚持就是胜利！有努力的奋斗，才有幸福的收获！李老师的老师又说："我们都生活在鼓浪屿，所以她的作品渗透着鼓浪屿很细微的东西。"我记得李秋沅老师在6月《厦门日报》对她的采访文章中也提道：鼓浪屿已经渗透进她的生命！我抓住机会赶快把我的问题抛出来："李老师，我想问一下您写作的灵感是从哪里来的？""来源于各种方向，各种细节，要注意观察。有时候词语都可以给你带来灵感，比如，尼克和深蓝，尼克有可爱的意思，深蓝有宁静的意味。"哦！原来词语也是有感觉的小精灵！我接着问："那怎样才能写好文章呢？""一定要有真情实感，要有自己的感受在里面才能写得好！"我想正是这样，所以李秋沅老师的作品那么受欢迎。最后我说我很爱写童话，李阿姨鼓励我说："可以啊！可以试试！"还给我签名鼓励。我很感动地说："谢谢！"

我今天知道了文学的翅膀是怎样飞翔的！备受感动！

采访李秋沅和她的老师　（许宝莹拍摄）

见梦：小记者鹭岛采访行>>>

半瓣花上说人情

周六，我聆听了一场题为"一粒沙里看世界，半瓣花上说人情"的精彩讲座，这场有关散文写作的专题讲座是由著名作家黄静芬老师带来的。

什么是散文？散文要"形散而神不散"，黄老师的语言非常形象，她生动地把写散文比成串一串珍珠项链，"珍珠"就是指散文广泛的取材，不拘一格的表现手法；而"线"就是指散文集中的主题。黄老师把懵懂的我们一下引进了散文的美丽天地。她说，散文要意境深邃，可以借景抒情，托物言志。写景色不是表面的简单的描述，而应该含有情感构成一定的意境。这点我感受很深，这真是"半瓣花上说人情"！

那么，该如何写好散文呢？黄老师更是妙语连珠，她说，首先，散文贵在一个"真"，有生动传神的细节描写是散文富有感染力的一个重要特点，"魔鬼在细节"，要"把全身感觉器官调动起来"去认真观察！其次，文章要有"由此及彼"的层次感和"仿佛看到了它"的镜头感。最后，散文要有"像子弹一样击中心灵深处"的诗意语言和"看在眼里便是风景"的"以小题材见大意义"。

最后，黄老师谆谆教导我们要"多读多写"，读"好故事、好语言、好思想"，要多写。黄老师幽默地鼓励我们"咬牙切齿"地去战胜写作困难，迎接美好的明天！

见梦：小记者鹭岛采访行>>>

生活比小说更精彩

"写作，是人生的必备技能。"开场白很吸引眼球！那么，要怎么才能写出好文章呢？主题更令我心动。就让我们赶快来聆听厦门文学院朱鹭琦副院长的精彩讲座"看，那朵花正开"吧！

"生活比小说更精彩。要写文章，就得有素材，好素材成就好文章。"朱阿姨一语中的，娓娓道来。素材在哪儿可寻？素材就在我们身边呢，要深入体验，将自己的感受和世界融合在一起，抓住特点，想出不同。我们需要用眼睛去观察，用心去发现，用耳朵去倾听；可以用语言去交流，用脑袋去思考，用笔去记录。有了素材，接着我们就可以大胆想象，展开联想，努力思考发现人生的道理和生活的哲理，还可以把平时阅读的文章里的好词好句好段大胆引用到文章中，写出与众不同的文章。我想文学的魅力就从这里起航啦！

经过朱阿姨的讲解，我明白了许多，忽然间觉得写作不是高不可攀、遥不可及的事了。朱阿姨还举了许多生动的例子教我们怎么捕捉和使用素材，比如，写"夏日"脑海里可以罗列出许多丰富具体的生活素材，从物、人、事、诗歌、名言、成语、音乐、心情、传统节日等方面入手。真是生活比小说更精彩！

采访厦门文学院副院长朱鹭琦
（许宝莹妈妈拍摄）

见梦：小记者鹭岛采访行>>>

要办能吸引人们眼球的报纸

今天下午3点，《厦门晚报》版式总监郭航老师来到我们的学校阶梯教室，他将给我们带来一节主题为"版式设计的3W"的讲座。

滨东小学150多名小记者济济一堂，满怀期盼地看着台上，主持人王梓郡同学先逐一介绍了来到现场的《厦门晚报》记者，并宣布了会场纪律后，讲座正式开始了。首先郭航老师让我们看了1953年和1952年的报纸，大家看得目瞪口呆，字全是竖着的，和现代不一样，图片很少，都是黑白色的。郭航老师又给我们看了现代的报纸，现代的报纸字是横的，还有各式各样的装饰、背景，还是彩色的字啊！大家看得津津有味，议论纷纷："以前的人看报纸好是奇怪，竖着看字啊！""还都是黑白颜色！""密密麻麻的字，一点都不好看！""还是现代报纸更好，还有彩印！"就在这时，屏幕变了！打出一段话：美国韦伯州立大学的希尔·约瑟夫博士，做过一项关于读报时……我们读了起来，"哦！据调查，原来大家看报纸习惯先看中间，然后被最吸引人的或者最好看的图片而吸引！"我太吃惊了！原来版面设计有着很深的学问呢！我们还是要努力研究，认真排版，设计出符合人们阅读和审美习惯的能吸引人们眼球的报纸。

一份亲民的报纸

12月3日,五一广场人山人海,节目丰富多彩,大家在这里为《海峡导报》庆祝18岁生日。主持人介绍说:"18年荣耀共享,《海峡导报》连续5年勇踞全国都市报30强,先后荣获都市报品牌10强,成为闽西南地区发行量最大的报纸。"真是太厉害了!我很震撼!

我们几个小记者身穿红马甲,手拿笔记本,全副武装,四处出击,而我有幸采访到了《海峡导报》的社长阮锡桂先生。来到主席台旁,一位叔叔走了过来,让我妈妈帮忙拍个照,那位叔叔身旁站着一位可亲的叔叔,没想到他就是社长。"阮叔叔,我是滨东小学的记者许宝莹,请问我能采访一下您吗?"阮叔叔点了点头,微笑地说:"好的!""请问《海峡导报》最大的特色是什么?"社长告诉我:第一,它是一份以台海新闻为特色的市民生活报,这是它的宣传特色;第二,它不仅仅是厦门的报纸,它是跨越闽西南的报纸，这是它的跨区域特色；第三个特色是，它是一个反映民生的报纸，它跟市民的心贴得特别紧。社长说："18年一路走来，我将尽最大的努力把《海峡导报》办得更好！"最后，我问社长能不能和我合影，他欣然答应。

采访完后，社长还认真为我写下"许宝莹同学，学习进步，快乐成长"的赠言，又从口袋里抽出了一张名片递给我说："下次有空来报社玩。"真是一位亲民的社长，所以他所办报纸也如此亲民。祝愿《海峡导报》站在18岁的崭新起跑线上，迈向新时代，开启新征程！

我心目中的《海西晨报》黄总编

"三要三不要",小记者该问些什么,不该问什么?课题一下就吸引住小记者们的眼球。千万不要问:你赢得冠军现在激动吗?这根本是自问自答的,对方一定回答很激动,那就说不下去了!还有,大海捞针的问题也少问,比如,你有什么感想?这类型问题范围过于宽泛,对方难以回答!也不要问常识性的问题,如,想爸妈吗?那问什么问题好?要考虑可以获得什么,我需要吗。问出的问题要让对方感兴趣,给自己的文章加分!在会展中心小记者嘉年华上,我们小记者津津有味地听着。这位知识渊博的大记者看问题很犀利,分析问题很透彻,讲的课真是太接地气了!

活动结束后,小记者们合影留念,这时我才知道,原来这位大记者就是《海西晨报》的社长兼总编辑黄毓斌先生,可是他一点都没"长"的架子,他亲切地和每一个小记者合影,露出灿烂的笑容,还摆出可爱的象征胜利的"剪刀指";和我合影时,还

第三篇章 追梦人 砺砺行 >>>

和我一起伸出大拇指表示棒；和小小朋友拍照时，他甚至还蹲了下来，比孩子们还矮，孩子们都开心极了。我很感动，他在小记者眼里不像严肃的社长，倒像很受孩子们欢迎的叔叔。

与《海西晨报》黄总编合影 （许宝莹妈妈拍摄）

这时我脑海里有了想采访他的念头，心里想："不能问大海捞针的问题，问什么问题好呢？"我紧紧地握着本子和笔，脑子飞快地旋转着。我眼看黄编辑离开座位，准备离开，"我一定要采访到黄编辑！"我搓搓眼睛，看着黄编辑准备走出大门了！我马上飞奔过去，一大步冲到黄编辑的前面，"您好！黄编辑，我是滨东小学的记者许宝莹，请问一般从哪些方面来考虑安排小记者活动？"黄编辑面带笑容地说："活动安排各种各样，有体验式瑜伽、实践式采访购物节、参观式考察国税局、动手式烤蛋糕、

185

游乐式玩沙滩……那是丰富多彩,很多。最出色的是红色革命之旅。我们小记者活动一周两次,好的作文都会发表到每周二的小记者周刊上。"我想黄编辑真是一位聪明能干的编辑。

我彬彬有礼地向黄编辑道谢。他签完字,还与我拍照合影,回家的时候,我打开本子,上面写着"宝莹小记者快快成长。——黄编辑",我心里如开了一朵花,甜滋滋的。

揭开演讲的奥秘

今天下午第三节课，又是激动人心的滨东小学日报小记者的专题活动时间，雪儿老师和倩老师特为我们邀请到大咖讲师范津，为全体小记者传授小记者必备本领——演讲。

范津大师说得头头是道，小记者们听得津津有味。首先要勇敢、自信。"人有两个恐惧，一个是死亡，一个是上台"，演讲是让你在台上展现自己，不必害怕！不要老去回忆写好的完美的"演讲词"，漏掉的就跳过，不要影响演讲的思路，"曾经有一个演讲者，他上台时，把稿撕了，凭着感觉说！"听完后，我暗暗想：那演讲不就是说话嘛！这时，老师又说："演讲不是简单的说话！平时说话没演讲那么夸张！"这一句让我的好奇心顿起，竖起耳朵继续专心地听着，"并不是稍微说一说就是演讲了！说话要互相交流！演讲是自己讲自己的，别人听，把观众带进自己的世界。演讲的时候有动作，说话很大声，说得绘声绘色！要有感情地讲！演讲的最后一句要吸引大家的掌声！艺术表演性、针对性、鼓动性等都是演讲的特点"。

我叹了口气，"演讲真没我想象中的那么简单啊！"这时，老师笑了说："演讲也没有你们想象的那么难，刚才我说的这些话不就是演讲吗？"我们都会意地笑了。

作文是最简单的，也是最难的

你会说话吗？方博士的话题总是吊足人的胃口，紧接着他话锋一转：作文的本质就是表达，说自己想说的话，表达自己的思想感情。其实每个人都有表达自己的愿望，表达是人之常情。所以说作文是最简单的，但这种文章也许流于形式，没有什么生命力。你会好好说话吗？你说的话有意思、有条理、有感情、大家爱听吗？因此作文也是最难的。

真正好的作文是从人文教育的土壤中生长出来的。方博士告诉我们什么是人文：人文的本质是做一个怎样的人。我想起了来听课时，门口彬彬有礼的接待人员；我想起了来听课时，妈妈一再要求不要迟到，也许这就是人文。它是指人的智慧，包含美德、独立思考、价值判断。它涉及一个人的灵魂和人格、思想和感情。这不是别人可以代劳的，是由自己思考，它产生于对话而不是传授。

见梦：小记者鹭岛采访行>>>

人文的核心课程是经典阅读和写作。我如痴如醉地阅读《论语》《春秋》《唐诗》《中华上下五千年》等国学经典，受到浓厚的人文教育熏陶，我想以后我的文章一定会在潜移默化中，多了许多人文气息。

蓝天救援队教我做急救

9月15日下午,在厦门中山路2018年思明区"全国科普日"启动仪式上,我有机会采访到厦门蓝天救援队的叔叔们,他们还很耐心地教我急救知识。

首先是"拍、听、看"的观察动作。"拍"就是轻拍伤者肩部,进行问讯:"你还好吗?你还好吗?""听",就是靠近伤者口鼻处仔细听有没有呼吸;"看",是要翻开伤者的眼皮,看眼睛里那个小小的黑色瞳孔有没有放大。接着,是"开、按、吹"的抢救动作。"开",就是用手掌抬高伤者下巴,让气息通道不拐弯,然后,清除伤者嘴里异物,打通气息通道。"按"就是先用一只手的五个手指,用力向上抓住另一只手的五个手指,再用下面那只手的手掌肉,按伤者的两乳头之间的正中。在按的时候胳膊不能弯,背要直,用身体的重心对准按压点按压:1001、1002、1003……每按30下,吹两次气。"吹"的时候,要注意用手捏住伤者鼻子，用嘴巴包住伤者嘴巴，并且，用余光看伤者胸腔是否鼓起，是否有气息进入。1001、1002、1003……然后循环操作。

这次活动，我学到了很重要的抢救生命的心脏复苏急救知识。希望更多的人掌握科学知识，加入到生命救援的队伍中来！

采访蓝天救援队水草　　（许宝莹妈妈拍摄）

种花达人分享花卉种植[1]

5月13日上午,我们滨东小记者走进厦门市绿化管理中心,参加阳台花卉种植分享会。一来到课堂,我们就迎来家长们热烈的掌声,有人说:"看!滨东小学小记者!"我既紧张又自豪。这时,一个胸前挂着工作牌的阿姨上了台,"有请种花达人李秀霞老师给我们上课!"掌声中,一个穿黑裙子的姐姐站了起来,她带着甜蜜的笑容向观众们挥手,随后开始上课。

台上屏幕打开了,我大吃一惊:"哇!阳台上可以种出这么多美丽的植物!多美的水仙花!多漂亮的长寿花!还有令人震撼的玫瑰花!"我的眼睛应接不暇,看看屏幕上色彩绚丽的三角梅,紧接着迷失在嫩绿清新的叶箭草中,又错过了一旁散发着香味的百合花……老师介绍完各种各样的植物后,就开始讲解种植的要点:"在必需的营养元素中,碳、氢、氧来自空气中的二氧化碳、

---

[1] 发表在2017年5月25日《海峡生活报》。

水，而其他元素几乎全部来自土壤。只有豆科植物可以固定空气中的氮气，植物叶片也能从空气中吸收一部分气态养分，如二氧化碳等。"我都听痴迷了，而且，我还第一次见识了营养土、椰糠、钾肥等新鲜物，听得兴致勃勃。

到了采访时间，我拿起本子，问老师："请问您养花最大的收获是什么？""收获啊！"老师面带微笑地说，"并没办什么大事，只是等花开了，心情会很开心的。"我心里想：种花真是好！养花又养心！

采访的感觉真好

11月19日，我来到广电小记者节现场，现场人山人海，礼品琳琅满目，活动丰富多彩，我东看看西瞧瞧，发现了我最喜欢的击剑体验馆，我迫不及待地向那儿跑去。

我带着从击剑体验馆赢来的礼物一蹦一跳地去找妈妈，来到舞台前，我看见我的妈妈正和一位广电小记者站的郑姐姐谈话。我先是一愣，然后走到妈妈身边，妈妈转过头，微笑地摸了摸我的头，"宝莹，和姐姐一起去采访吧！"姐姐笑了笑，递给了我一件采访时穿的小记者服，让我随机想几个问题来采访最强大脑的精英团队。

随后郑姐姐从舞台后请出了一位名字叫"小鹿"的主持人，我看了看小鹿姐姐，又看了看正等待我的摄像机和观众们，我便绞尽了脑汁想出了几个问题。开始录像了，我深吸一口气后，拿起话筒，"姐姐，我能采访一下您吗""当然可以！"我问道："请问最强大脑强在哪?""小鹿"姐姐流利地回答道:"最强大脑可以提升同学们的记忆能力,提高同学们的学习效率,达到事半功倍的效果。"我又问道:"这次刘健叔叔给我们小记者带来了什么礼物?""小鹿"姐姐说:"有很棒的团队训练、超强的记忆方法,以及冬令营神秘礼物。"录像结束了。我忽然觉得我已经不着急不紧张,反而更自信了!我受到了哥哥姐姐们的夸奖,还得到了广电小记者站姐姐的一份礼物——广电小记者马甲呢!我也很期待刘健叔叔将带给大家的神秘礼物。

我现在爱上了当小记者,爱上了采访。下一次广电小记者节还要叫上我哦!

厦门广电小记者节采访刘健最强大脑团队 （许宝莹妈妈拍摄）

朱姐姐教我采访[1]

在第四届鹭岛小小书画家风采秀比赛颁奖现场,晚报朱惠嫣记者带领我们小记者采访一等奖获得者。我显得有点紧张,朱姐姐拍了拍我的肩膀说:"没事!淡定点。"

我们拿出笔记本开始采访了,李记者适时地点拨:"首先要记下采访人的情况,如果是学生,要问他是哪个学校、哪个班级、叫什么名字,再采访。如果有的问题了解得还不够到位时,可以再细问,进行补充采访。"

小记者在采访一等奖获得者纪厦晶小朋友时,问道:"家里还有没有弟妹?""要不要照顾他们?"没想到纪厦晶小朋友说着说着,竟然一下子哭了起来,遇到这种情况,小记者慌了神,这时,李记者见缝插针地告诉我们:"这么小的孩子,家里还要照顾小弟弟小妹妹,书画还取得了那么高的成绩!像这样的亮点要

---

[1] 刊登在2016年10月31日《厦门晚报》。

挖掘出故事来写,当记者就是要能抓住焦点!"我们听了心里马上亮堂起来。

我用崇拜的眼神抬头看着她,心想:长大后,我一定要成为像她那样沉着能干的大记者。

那一抹微笑[1]

期末复习阶段,教室如死牢一般,悄无声息,大家都在埋头苦学。模拟考完后,在已经疲惫不堪的我的眼中,这个世界变得十分灰暗,没有一丝光芒。

放学,大家都走了,我呆呆看着桌上刚发下来的试卷,那刺眼的分数把我的信心都打垮了,连日这么辛苦的复习却毫无进步,一想到这,顿时感到胃里一阵排山倒海,身体似有千斤重一般,站不起来。这时,忽然冰凉的手暖和起来了,抬头一看,是班主任!她将我放在桌上的手轻轻握住,轻轻地对我说道:"期末复习很累,要注意身体,不过你要坚持住,老师相信你能够考好的!"说完对我温柔地微微一笑。那笑像雪天中的太阳,温暖着我冰冻的心;像黑暗中的一把火,照亮了坎坷的道路;像那池塘中洁白无瑕的莲花,映照着美好的梦想。我的泪从眼眶中流出,

---

[1] 发表在2018年9月10日《海西晨报》。

连忙挺直了背。

　　谢谢老师的微笑，永远印刻在我的心上，它一直鼓励我奋勇前行。终于，我战胜了自己，克服了困难，最终取得了优异的成绩。微笑，一个轻轻扬起嘴角的动作，十分轻松便能够做到，可是，老师的这个微笑却至今令我无法忘怀。

浓浓家校情

  这次我校乒乓球队取得了不俗的成绩，全校师生都为之雀跃。5月12日，滨东小学举行了乒乓球文化巡演活动，你看那边正在拍团队照的球员，精神多么抖擞！同学们还和球员们一起互动感受乒乓球的魅力，洪韫霏和王梓郡同学还担任义务讲解员，为大家讲解资料。

  一直在旁边忙碌的义工妈妈们引起了我的注意，我拿着采访本对她们进行了采访。一位妈妈微笑着说："能和孩子们一起互动，我们感到很开心，这也是一份快乐！"另一位妈妈赞赏地说："学校办的这个活动很有特色，很能锻炼孩子们，我们也很愿意参加。"一位妈妈补充道："老师们在训练时都很辛苦，我们也希望能用休息时间来为学校服务。"还有一位妈妈深情地说："孩子马上要毕业了，我们很不舍离开，我们想尽量为学校出一份力，让学校变得更美好！"

见梦：小记者鹭岛采访行>>>

  我被这些妈妈们朴实的心里话深深地打动了。我想：正是因为有这样浓浓的家校情，我们学校乒乓球队才取得了骄人的成绩。有了这样浓浓的家校情，学校各方面一定会发展得更快更好！

妈妈带我做义工[1]

妈妈是一名人民教师,也是一名思明区教师志愿者。记得一个周末,爸爸带我去青少年宫,我看到妈妈站在文灶十字路口做义务交通监督员。烈日下,她戴着志愿者的帽子,穿着志愿者的马甲,口里含着哨子,手里拿着小红旗,认真维持交通秩序的样子深深地印在我的脑海里。那是妈妈最美的样子!

妈妈也是一名有 20 年党龄的共产党员,也是一名党员志愿者。那次莫拉蒂台风过后,学校号召党员志愿者回校抗灾,妈妈第一时间冲回去抢险。后来,我们滨东小学日报小记者站号召小记者们去整理街道卫生、走进社区宣传,我也立刻参加。妈妈告诉我:做志愿工作,要不怕脏不怕累!那次我们不同的抗台故事惊喜地出现在同一张《厦门晚报》上。

假期,妈妈还带我一起参加思明区城市义工活动,2017 年 2

---

[1] 发表在 2018 年 6 月 25 日《学生周报》。

月5日大年初九，我和爸爸妈妈来到中山路的爱心小屋，参加城市义工爱心义卖活动。3月12日"植树节"，妈妈带我一起去义务种树。7月1日，在党的96周年生日到来之际，我们和思明城市义工跟随老党员蓝永生的脚步，一起到轮渡服务点开展文明督导。7月8日上午，我和妈妈一起来到白鹭洲社区书院总部服务部，参加主题为"当个小小东道主，垃圾分类要领悟"，助力金砖会议思明城市义工活动。8月27日，我和妈妈参加了鼓浪屿街道组织的"垃圾不落地，琴岛更美丽"的志愿活动。10月1日祖国成立68周年，我们参加了城市义工组织的"分发小国旗，宣传爱国主义精神"活动。2016年我还被评为"思明区乐于奉献小义工"。

妈妈说："义工志愿者是厦门的一张名片，厦门因此更文明、更美丽。你作为《厦门日报》小记者应该多写文章，宣传这些正能量。"我写下了《志愿服务 助力金砖》《我人虽小，也可帮忙》等许多报道。一年来，还积极参加助力金砖的志愿活动，用自己的行动为厦门会晤尽自己的一份力。2017年被评为校"为金砖添彩好少年"。

在最美义工妈妈的带领下，我也成为一名小小的义工志愿者，这也是最美的家风传承！

<<< 第三篇章 追梦人 砺砺行

巅峰对决　王者风范

  2017年1月15日下午2点，在厦门市青少年宫红领巾剧场，举行少儿好声音全国总决赛。各城市站的冠、亚、季军聚在一起进行巅峰对决，争夺全国十强。比赛规则是每场小组赛的前四名直接进入巅峰对决，后六名进入小组突围赛，有两个可以成功突围名额，进入巅峰对决。

  经过层层淘汰，激烈角逐，最后苏佳欣小朋友获得了总决赛冠军。苏佳欣是安溪站的选手，今年才8岁，是个热爱音乐的小精灵，曾获得2016年第12届中国少年儿童歌曲卡拉OK电视大赛独唱金奖，CCTV非常6+1厦门站总决赛冠军等多项荣誉。参加过安溪春晚，泉州市电视台中秋佳节联欢晚会。还参加了电影《小马哥的秋天》的拍摄。2016年9月25日被邀请参加金鸡百花电影节并且以小演员身份走红毯。

见梦：小记者鹭岛采访行>>>

搭建沟通的桥梁　创建交流的平台

6月25日上午8：00—12：00，由厦门日报社主办的"2017高招教育咨询会"在厦门源昌凯宾斯基大酒店4楼大中华厅举行。我们《厦门日报》小记者早早地来到现场，高考招生可是最受社会关注的一件大事，很早就有家长们在大门外等候了。大厅内共72个展位，A区在外圈呈扇形共42个展位，B区在内圈呈喇叭形共30个展位，各大学招生组在各自的展位就座，8点准时开始。我看到了很多久仰大名的大学：北京大学、复旦大学、浙江大学、香港中文大学等。还有厦门本土的学校，如厦门大学国际学院、厦门大学经济学院、厦门工学院等。

这次高招教育咨询会搭建沟通的桥梁，创建交流的平台。每个展位前都围满了家长，我采访了几位家长，有的家长咨询学校专业调配的情况，有的家长请教学校招收的名次，有的家长关注学校招生按志愿还是按分数，都得到了校方耐心的答复。我还采访了西安培华学院的招生老师，他告诉我他们今年准备在全国招收 6000 多名学生，在福建招收 90 名，上二本线第一志愿就可以了。一位厦门一中的高三的姐姐告诉我，她来参加这次咨询会了解到了心仪学校的信息，很有收获。

相比人头攒动、人山人海的大厅，在旁边听讲座的 ATM1 厅更是挤得水泄不通，都挤到门口了，人在设定 16 摄氏度的中央空调风里也汗流浃背，真是人气爆棚啊！

美丽厦门　共同缔造

7月1日，在党的95周年生日到来之际，思明城市义工跟随老党员的脚步，一起到轮渡服务点开展文明督导。我和爸爸、妈妈一来到这儿，我先看到的是许多穿红色志愿者衣服、戴红色志愿者帽子的义工。我走近一看，"啊！"原来正是义工们在那做好事呢！他们有的正拿着大宣传牌在倡导文明，有的正耐心地给游客指点线路，有的正热情地给口渴的路人倒水。大家都忙得不可开交，汗水从他们的头上流下，他们却不在意，一滴水也没喝，一直忙碌着。其中还有一位老年义工，他的笑容和蔼，他的目光坚定，他的精神矍铄！他就是老党员蓝永生。我深深地被他们感染了，真是好义工啊！我的眼睛里泛满了泪花，"如果我是义工，我一定这样！"我要学习他们那善良的心！

重建家园　你我同行

"加油！加油！"大家鼓足了气，上至 70 岁的老爷爷，下至 3 岁的小朋友都加入拉树的行列，挥洒我们的汗水，保护我们的家园，张开我们的双手，重建我们的家园！

"一二，加油！一二，加油！"那鸡蛋花树被风吹倒了，大家要把树拉起来，扶正它。我们先是把绳子绑在树干上，大家再向后拉，"一二！一二！"我们奋力地向后拉，哇！树拉直了一些，太棒哩！再来！一二……啊！绳子断了！大家全都摔了个四脚朝天！我们几个女生摔得哇哇大叫，男子汉们没放弃，他们先让老人和孩子闪到一边，再重新系好绳子，再接再厉，拉啊！加油！一二，加油！树一点一点地被拉直，就要扶起来了！"哎哟！加油！哇！"树终于立起来了！大家先用木棍固定好大树，再踩紧泥土浇透水，大树虽然枝干受伤修剪掉许多，只剩下几根光秃秃的枝丫，但它顽强地站起来了！希望这棵鸡蛋花树能够活起来，像以前一样美丽！

　　老人妇女儿童们就去干小活，一些女孩在捡树枝，清理家园，男孩呢？他们搬大木头，两人抬一根，大家都在忙。我扫完地，放下扫帚和畚斗，就去搬树枝。我选中了一根树枝，我想把树枝抬起来，可是太重了，我搬不起来。这时，我觉得越来越轻，原来是李沐璘帮我抬了起来，我们顺利地把树枝搬到了后门！我们每个人都努力用我们的双手为美丽厦门的建设，奉献出一份自己的力量。

　　这次台风，我们经历许多，但最令我感动的是大家万众一心，众志成城，重建家园！——重建家园，你我同行！

新闻的生命在于真实

"从习近平总书记的系列指示,到党中央国务院的高度重视,从各地方部门的快速跟进,到专家、医生的全身心投入,还有所有中国人关切的目光、温暖的支持。"看到老师播放的春晚的现场片段我热泪盈眶。

一场没有硝烟的战争已经打响,作为我们又该怎样投入这场战斗呢?

于是,老师提到了乱传播谣言的情况,并拿出一篇新闻让我们阅读:中心句一般出现在开头或者结尾。这篇新闻第一段结尾句不仅误导了大众,也扰乱了抗击疫情的公共秩序。接下来他提出谣言的危害,用"应该、也要、理应,不应"这些词汇告诉我们,面对谣言,我们如何做一个智者,不让谣言跑在科学的前面。从宏观上多一份责任,不应该传播恐慌。

我深刻地感悟到我们要对信息敏感,保持科学理性的态度,客观地认识疫情，科学地预防，注入更多的正能量，我们就能够打赢疫情防控阻击战。但是如果未经思考就随手转发，就会造成很大的危害。

接着，老师让我们阅读了几篇新闻，让大家养成求实为本的科学精神——新闻的生命在于真实，通过阅读新闻分析新闻，我认识到：首先，新闻的生命在于真实，这个真实就体现在新闻语言的客观准确上。其次，新闻传播必须坚持公正这一基本理念，推动社会的进步和发展，培养质疑精神。最后，新闻从业者要承担媒体责任，成为对国家社会人民负责的舆论力量。

在这次防疫防控行动中，新闻媒体带来的全方位公开真实及时的报道，为我们客观认识，科学预防，已经起到了至关重要的作用。而这一切则缘于新闻用事实说话的特点，我们大家要学习优秀的新闻工作者关心人民关心国家的社会责任感，以及诚实勇敢正直的优良品德。

这个春节有点特别

快过年了,花市百花争艳,超市人头攒动,街上熙熙攘攘,到处一派喜庆热闹的景象,但是大年二十九那天,一切都不一样了,那天中午我看着母亲慌张地从房间冲出来:"武汉有传染病了,封城了!""那是什么?""新型冠状病毒!""很可怕吗?""是一种能混过人体白细胞,我们淋巴细胞无法辨识的新型冠状病毒!"

大年三十我们家的年夜饭取消了,拜年也只能用电话和微信了,我们从酒店退房回来时,我透过车窗往外看:街上一片寂静,没有什么人,也没有什么车,原本繁华的厦门就像偏僻的农村一样。到家后,母亲把衣服用烘干机高温消毒,鞋子用酒精消毒,还用消毒水把家清洁了一遍,搞得紧张兮兮的。奇怪,母亲怎么这么奇怪,心想这病离我们远着呢!我还沉浸在遗憾和惆怅中,往年开心的过年场景在脑海里浮现:穿着新衣服,串门拿红包,大家愉快地团聚，开心地聊天……唉！

几天后，我看到了有关病毒的介绍，才意识到它的可怕之处：新冠病毒，通过呼吸道传播、接触传染，厦门也有病例了，所有人都戴上了口罩。母亲将我的活动范围缩小至小区，并叮嘱我回家后一定要洗手。一次我看见刚从日本回来的邻居，连忙上去给他们开铁门，只见他们一家三口从头到脚包裹得严严实实，全副武装，和上战场打仗差不多。孩子的妈妈看见我帮忙开门，边说谢谢边拿出消毒纸巾将我开铁门的手擦了擦。回到家，便看到物业在电梯门口新装了个"一次性按电梯纸"，心里一阵温暖。

而前方白衣天使们不顾安危和死神抢人，工人们创造奇迹，10天建一座医院，科研人员日夜研究药物……这个春节虽然和往年很不一样，但在这里，我看到了全民都在认真抗击新型冠状病毒！看到了14亿人民的团结，这个有点特别的春节我永生难忘！

那盆小小的茉莉花[①]

8月27日　星期六　晴

我在鼓浪屿的义工活动中得到了一盆茉莉花，密密的叶子层层地向上叠加，在嫩绿的叶子间绽放着许多洁白的花朵。那白色的小小的茉莉花儿，一共有三层。第一层，花瓣向外展开，大大的，半圆的。第二层，花瓣稍微向上倾斜，花片小小尖尖的。第三层，花瓣很小很小，跟小小贝壳那般大小，非常娇嫩；还有些茉莉花还是含苞待放的花骨朵，在嫩绿的叶子间就像闪烁的珍珠，真是美不胜收，令人爱不释手。我抱着那美丽的茉莉花，回到了家，我把茉莉花放在窗台上，闻了闻，真香啊！

9月4日 星期天　阳光明媚，转雨

我把小茉莉花拿到外面晒太阳，就和妈妈一起出去了，回来的路上，忽然，太阳"感冒了"。就在这时，乌云密布，下了一

[①] 获得"春雨杯"作文大赛年度二等奖并入选《龙门书局》作文选。

阵倾盆大雨，幸亏我们走得快，躲进了一家药店里避雨。整整下了半小时雨！雨停了，我们回到家，这才发现，放在窗台外面的小茉莉花，它全身是水，有的叶子凋零了，有的花瓣也随风飘去了，只剩下一些光秃秃的枝干。"可怜的茉莉花，都怪我！"我很伤心。两三天后，窗台上的小茉莉花，已经枝干枯萎了，叶子变黄了，掉满窗台，我很失望，没办法，小茉莉花已经离开了我。我只能扔掉这盆茉莉花，但又舍不得，于是，我把茉莉花，扔在一个墙角，我最后瞄了一眼黄叶落满地的茉莉花，就走了。

9月15日　星期四　雨

我无意中再次来到小茉莉花前，这次，我发现它底部枝干变绿了，而且在它的枝干上又长出了七八片叶子，其中有些只是一点嫩绿嫩绿的小芽，小芽相对称的位置是一片很小很小的叶子，扁扁的像蚂蚁的"小船"，这组叶子下方，也是相对称的两片叶子，叶子较圆像荷叶的形状，颜色也更深了。我太诧异了，我对小茉莉花又充满了新的希望。嫩芽努力冒出来，变细长，再长宽长圆，样子变得结实，颜色变得深沉，叶子就这样努力生长着！

我从这小小的茉莉花上，发现了巨大顽强的生命力！它的顽强生命力让我赞叹，昨晚，厦门经历新中国成立以来最大的台风，我相信顽强的厦门人民一定可以重建美好家园！

结束语

我的梦想是当一名记者。

2016年5月10日,《厦门日报》正式在滨东小学建立小记者站,到了会场,从老师手里接过一张校园小记者证。我看着小记者证,一句话也说不出来,"真的吗?我是一名小记者啦!"9月份开学前后我很幸运地迎来了火红的滨东小记者季:厦门日报社在滨东小学开展的系列活动,夏令营、雪儿老师沙龙会、走进消防队、日报读者节、周二小记者课堂、日报小记者形体礼仪课等精彩纷呈。于是我开始学采访、学写报道,采访报道《澳头女民兵》等在《厦门晚报》发表。生动小记者课堂的习作《一堂有趣的折射课》《蜡烛燃烧大揭秘》《那张创意摆拍照》在《厦门广播电视报》发表,最惊喜的是习作《叹为观止的工艺品》在《厦门日报》发表,这可是我这只丑小鸭以前只敢远望不敢触摸的梦想。于是,我相信只要你努力拼搏,那么你的未来就不是梦!我作为学校文学社和小记者团成员，写作热情很高，经常写日记，记下身边发生的事。也爱编写童话故事，有时到晚上十一二点，好几篇故事刊发见报。我的新闻敏感性也强，10月参加日报的读书节活动，就写了三篇不同角度的报道。平时的周末参加小记者活动很积极，不仅风雨无阻，而且活动后次次都能及时写稿。在参与小记者活动过程中，我从一个只会看报纸的读者成为会写新闻的作者，而且连续三年有《厦门日报》读者节的采访稿见报！

我暗暗下决心：有一种责任叫我是小记者；有一种热爱叫与厦门同在！三年过去了，我已经有100多篇文章发表了，在"为金砖添彩好少年"评比中，还被授予"厦门市百名礼仪之星"称号。作为小记者站在时代的最前沿，奏出时代的最强音！没有缺席厦门申遗、厦门地铁、厦门会晤所有难忘时刻！我觉得我的命运和国家紧紧地连在一起。

"少年强，则国强。"9月22日早上，"城市少年行"大梦想家计划正式启动，我作为营员代表无比光荣地从厦门共青团王书记手中接过营旗。让我们所有青少年一起为前方闪烁着的光芒微笑，一起向面前鲜红的红旗敬礼，让我们踏上这梦想之路，让希望和梦想启航。

我们生活在新时代！长大以后，我的梦想是当一名记者，我想把中国各种各样的故事撰写下来，把每一次让人受益匪浅的感动记录下来，让大家更了解中国，更热爱厦门！